JN290705

Standing on My Head

いまここにいる
わたしへ

Life Lessons in Contradictions

新しい自分に気づく心のノート

Hugh Prather
ヒュー・プレイサー

中川吉晴＋五味幸子
訳

日本教文社

目次

はじめに

わたしは、この本を机のうえで書きませんでした。この本は一冊のノートをもとにしています。わたしは、そのノートに、いろんな思いや問題、洞察や困難などを書きとめていました。このようなメモを書きとめることは、生きていくうえで役に立つ作業だと思っています。

ここに集めたメモは、それらが書かれた日時の順に並んでいて、わたしの内的な時間の流れにそったものです。全体としてみると、これらのメモには、おもしろいパターンがみられると思います。

なにかを学んだと思うとき、わたしの人生は必ずそれと矛盾する方向にすすんでいくようなのです。しかし、決して完全に矛盾しているわけではありません。まるまるすべてというよりも、四分の一程度の矛盾です。だから、わたしは矛盾をそのままにしておいて生きていくのです。なぜなら、人生とは、そういうものなのですから。

おそらく絶対的な答えなど存在しないでしょう。あるのは、いくつかの道だけです。わたしにできるのは、いまここにおける経験を信じて、それが導くままに従っていくことだけです。

これまでに、わたしは、さまざまなすばらしい道に導かれてきました。メアリー・ベイカー・エディー（＊1）から、フリッツ・パールズ（＊2）へ、そしてクリシュナムルティ（＊3）から、『コース・イン・ミラクルズ』（＊4）へ……。そのときどきに、そのどれかが役に立ち、必要だったのです。しかし、逆にそれらは、わたしを閉じ込める鳥カゴにもなったのです。そんなとき、わたしは自分の経験を無視して、ただ言葉にすがりついていました。わたしがこうしたまちがいをしたのは、その教えに誤りがあったからではありません。そうではなく、わたしは、自分の中心とのつながりを断っていたのです。

おぼえておいていただきたいのは、この本にあるメモは、生きることの本質に少しでも迫ろうとした試みにすぎないということです。それも、わたしの人生についてであり、あなたの人生についてではありません。

それでも、もしここに書いたことが、あなたにぴったりだと思うなら、少しのあいだ味わってみてください。しかし、それがあなた自身の正直な気持ちにそぐわないなら、かまわず吐き出してください。なにが自分のためになるかを見極められるのは、自分だけなのですから。それがわかるようになってはじめて、大きなやすらぎと自由を感じることができます。

（＊1）メアリー・ベイカー・エディー……クリスチャン・サイエンス（一九世紀後半に生まれた信仰治療）の創始者（一八二一―一九一〇）。

（＊2）フリッツ・パールズ……ゲシュタルト・セラピー（「いまここ」での気づきを重視する心理療法）の創始者（一八九三―一九七〇）。

（＊3）クリシュナムルティ……インド生まれの哲人・教育者（一八九五―一九八六）。気づきをとおして、条件づけから解放される道を説いた。

（＊4）『コース・イン・ミラクルズ』……心理学者ヘレン・シャックマンとビル・テッドフォードが、ヘレンの受けた霊的メッセージの口述筆記をもとに編集したニューエイジの聖典と呼ばれる書物。

illustration……………………押金美和
装幀…………………………清水良洋（Push-up）

いまここにいるわたしへ――新しい自分に気づく心のノート

やわらかな空
満ちみちて
やわらかなしずくが
落ちていく
ゆっくりと
わたしの足が
やさしく地面におりていく
大地をふみしめる
満ちみちて
やさしく

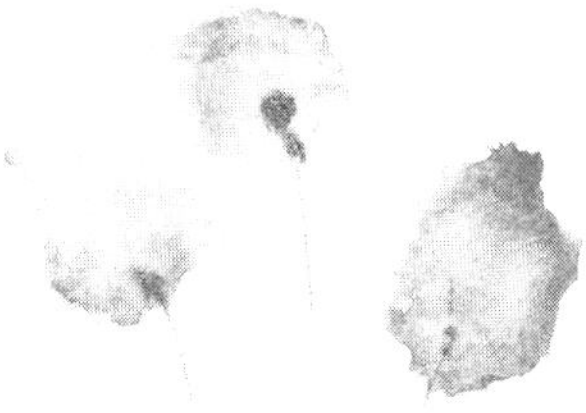

わたしたちは
ほとんど毎日
表面的にものごとを見ている。
しかし、突然スピリチュアルな見方ができるときがある。
すると、その一日は、貴重で
美しいものとなる。
そんな新しい見方ができると
あらゆるものに織りこまれていた無垢《むく》な美しさがみえてくる。
まるでクローゼットの奥で忘れ去られていた宝物に
一筋の光が差しこんだようだ。
このような見方をもって生きているあいだは
まわりのすべてがちがってくる。

スピリチュアルな見方は
いろいろなきっかけによって生まれる――

たとえば、音楽や詩
海に沈む夕日
友だちとの関係
愛
ときには一冊の本や、本のなかの一節によって……
これらは折にふれ、わたしに
より広い見方を授《さず》けてくれた。
しかし、同じ体験に立ちもどって
それをふたたび得ようとしても無駄だった。
そうしようとしても
詩や歌は、もうその魔法を失っている。
ただ以前の驚きが
こだまのように聞こえてくるだけだ。

わたしは、なにかを疑うときもあれば
信じるときもある。
疑わしく思っているのに
あえて信じようとするのはいやだ。
信じているのに
疑うように自分をしむけることもいやだ。
神も偶然も、きっとわたしの一貫性など
必要としていない。

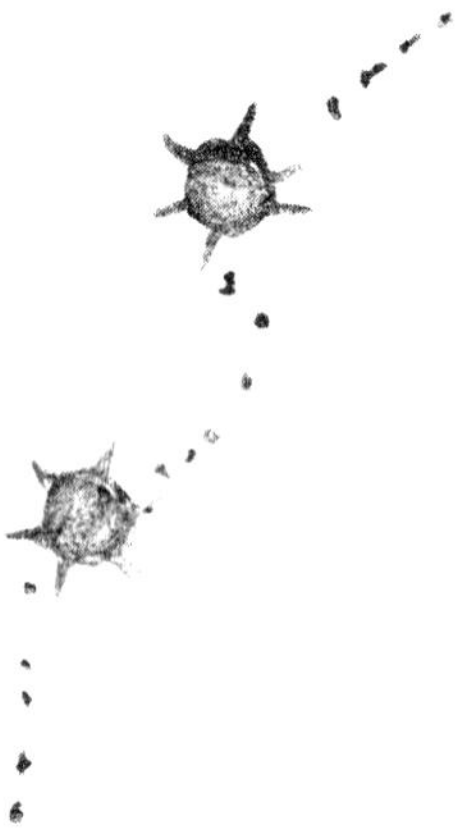

わたしは絵を描くとき
紙の質感や絵の具の粘りぐあい
筆先の状態などに影響をうける。
細い線を描こうとするのに
太い線になってしまう。
すると、絵が新しい方向にすすんでいく。
わたしが絵に影響をあたえ
絵がわたしに影響をあたえるのだ。

ひとつのことをやりはじめると
なにかが起こって、思ったようにできなくなる。
すると、影響をうけたことに腹を立て
最初のやり方にもどろうとする。
しかし、わたしたちは、いつも影響をうけている。
なぜなら、真空のなかで

自分の意図だけをもっているわけではないからだ。
わたしたちは、そのつど起こるすべてのものとの関係のなかにいる。
道を歩いていて、ふと太陽の暖かい光を感じる。
立ちどまり、光の恵みを味わいながら
目をやすませてみる。
愛する人からの手紙を受けとったり
子犬にやさしくかまれたり
店に入って、店員からなじみの挨拶《あいさつ》をしてもらうと
もうさっきの自分と同じではない。
さっきまでの自分では、うまくいかない。
こうしようと思っていたことは、過去のことだ。
これは、意志が弱いということではなく
ただ流れに身をゆだねたということだ。
絵はいつも新しく描かれていくし
自分もいつも新しくなる。

わたしたちの存在というのは
肉体よりも、精神なのだろうか？
感情よりも、肉体なのだろうか？
過去の記憶よりも、いま起こっている感情なのだろうか？
未来よりも、過去の記憶なのだろうか？
わたしは、怒りにふるえるときもあれば
まったく心がやすらいでいるときもある。
明日のために今日を生きるときもあれば
愛する彼女のために今日を生きているときもある。
昨晩、彼女とベッドをともにしたとき
わたしは肉体として存在し
そのあとは、たましいとして存在した。
しかし、ほとんどの場合

わたしが単に肉体だけの存在であったり
精神だけの存在であることはない。
そして、この現実とうまく調和しているとき
わたしの知性は、肉体を無視することはないし
明日を否定することもない。
感情、記憶、欲求、その他すべてのものが
それぞれの声を発するとき
わたしは、自分がどんなぐあいに
ほかの人と同じなのかがわかるし
そしておそらく、ほかのどんなものとも
同じなのかがわかる。

原因と結果の関係に終着点はない。
わたしたちのなすことすべてが
ほかのすべてのことにふれている。
わたしは、自分の不快感をすすんで認めるようになってから
その関連をつきつめようとしている自分に気づいた。
どうやら、この感じは
わたしが最近ビューラについて言ったことに関係しているようだ――
「彼女は、ぼくのことを気に入っていたんだ。
ぼくがいつもとちがう態度を見せるまではね」
それとともに
わたしの姿勢までもが新しくなった――
たしかに、わたしはもう以前ほど、頭をうなだれてはいない。
しかし、ほかにも、まだたくさんのことが関係しているように思える。

成長するとは

唯一の「本当の自分」を見つけだすことではない。
それは、自分の知らないさまざまな面に気づいていくプロセスだ。
それらの面は、よく知っている自分と同じくらい「本当」の自分なのだ。
わたしたちは、いつも自分のある部分だけを
「本当の自分」だと思っている。
その瞬間、ほかの部分は「本当」ではない。
つまり、わたしたちは、いつも自分のある一面を演じているのだ――
それを選んで演じようとしているのだ。
だから「つながっていない」とか「ふれていない」とか
「一致していない」といった状態は
本当は存在しない。
誰もが、いつもなにかとつながっている。
しかし、なにかとのつながりから離れているという状態はある。
からだのある部分、自然、ほかの人びと

自分でもあまりよくわかっていない自分の一面などから
離れているときはある。
そして自分がいまふれているものに
囚われているという状態がある。
わたしの場合、人生のほとんどにわたり
考えることだけに意識をむけ
ほかのことには気づいていなかった。
このようなことは、わたしの知り合いにも、ほとんど共通にみられる。
みんな、自分のなかの一面だけに閉じこもっているのだ。

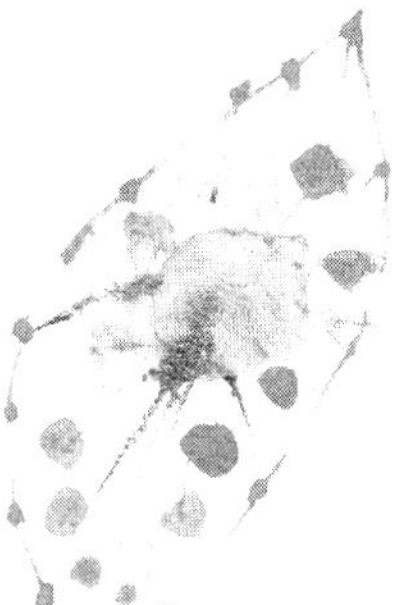

バズがわたしたちの家に泊まったときのことだ——
彼の話の八〇パーセントは
「これまでに知り合った、もしくは本で読んだ偉人」についてのものだった。
人はみな、ひとつのことだけを中心に話をするものなのだろうか。
デイブの場合は、「身のまわりの面白い事実」だし
ビューラは「これまでの、さとりの経験」だ。
わたしの場合は、「人間の心理についての新しい洞察」といったところか。
なにを話そうと、わたしたちは
自分自身について話しているのだ。

わたしは人生のほとんどを習慣的なやり方ですごしてきた。
電話にでるときは、だいたいいつも同じ話し方をする。
パーティのときは、そのつど少しちがっても
予想のつく範囲内でふるまっている。
スーパーでは、いつもと変わりばえのしない買い物客である。
歯を磨いているとき
雑用をすましているとき
誰かに会っているとき
スープを温めているとき
それぞれ、いつもほぼ同じ気分でおこなっている。
服を着るときは、たいてい、シャツから着て
ズボンからはくことは、めったにない。
ひげをそるときは、あごからだ。
シャワーをしているときに喜んで飛び上がることはないし
運転しているときに、ふざけることもない。

寝起きは、ほぼ気分よくできるほうだし
眠くもないのに寝ようとすることはない。
こうしてすごしていると、しっくりくるし
調子を変えると、なにかうそっぽい気がする。
ということは、わたしは本物の自分でいるということなのか？
でも、本物とはいったいなんなのか？

型にはまった生活をしていると
徐々に死んできているような気がする。
しかし、毎日の決まりごとをするのは
むしろいいことだと思っている。
わたしの友だちは、ポップコーンとビールを儀式にしている。
毎晩、妻が寝たあとに、その儀式ははじまる。
彼は極上のポップコーンをつくり、暖炉のまえに腰をおろす。
すると犬が彼の横に坐り、最初の二口分のポップコーンをもらう。

わたしの親戚のおじさんには、朝の決まりごとがある。
彼は、ベランダで鳥にえさをやりながら朝食をとる。
その間に、順番に友だちに電話をかけるのだ。
わたしの場合も、毎晩ベッドに入るまえに
ちょっとしたことをするのが儀式になっている。
理由はどうであれ
わたしは、いつものやり方で
寝るまえの準備をするのを楽しんでいる。

決まった行動パターンをやめるには
まずはじめに
いつ、いつもどのように行動しているかに気づかなくてはならない。
どのようにしているか、わかってはじめて
やり直すことができる。

そのとき、わたしは
自分がどんなに人への気づかいを閉ざし
やさしさを見せないでいたかに、気づいていなかった。
「なんて冷たい人なの」と責められたとき
あれこれ弁解をしたのは、心が傷ついたからだ。
こういうことが起こるのは
誰かが――たいていは妻のゲイルだが――
わたし以上に、わたしの行動パターンに気づいたときだ。
これは、決して災難ではない。
ゆるぎない関係から生まれる賜物《たまもの》なのだ。

眠ろうとしていたり、起きようとしているとき
からだのある部分がだるく感じられ
ほかの部分が興奮していることに気づく。
眠りたければ、だるく感じている部分に注意をむけると
たいてい眠れる。
これと同じことが、日頃の態度にもあてはまる。
わたしは、あることについて
自分がどう感じているかを確かめたいとき
いつも太陽神経叢《そう》のあたり〔みぞおち付近〕に注意をむける。
しかし、わたしの人格の異なる面は
からだのまったく別の部分にあらわれるようだ。
今晩、そんなことをさぐっていてわかったのだが
背中からは、強情な自分が
足からは、動きを好み、気ぜわしい自分が
手からは、冷たく、とらえどころがなく

口先だけの自分が感じられた。
首、眼、肩など、それぞれにちがいがあった。
「このことについてどう感じますか」という問いには
「どこの部分がですか?」と問い返さねばならない。
こうしてみると、自分をごまかしてまで
たったひとつの本当だといえる態度がある、と
信じることはできなくなる。

「本当の自分になる」プロセスとは
気持ちと、外見のあいだ
つまり内面と、外にあらわれた行動のあいだを
行ったり来たりして、両方に注意をむけることだと思う。
しかし、「正直である」とか「本当である」ということは
もっとも強い感情と行動のあいだだけを
行ったり来たりできるという意味ではない。

わたしの行動は
自分の内にあるどんなものとも結びつく。
「本当の自分である」とは
実際に行動が結びついたものに、ただ気づくということだ。
いつも、いちばん強い感情にしたがって
行動しなければならないと信じていると
自分の幅が小さくなってしまう。

どんなときも、わたしたちは
自分のなかで、ぼんやりとしか感じられない部分や
ずいぶん長いあいだ放っておかれた部分から
思うままに行動してもよいのだ。
大げさにふるまってもいいし
強硬な態度をとってもいい。
気まぐれな恋をしても、泣いても

まったくばかげたことをしてもいい。
踊りだしてもいい。
もしくは、自分のなかで
まわりの状況や人とのつながりを感じとっている部分から
反応して、行動してもいい。
もしこうすることが、しっくりこなくて、うそっぽく感じるなら
それは、いつものレパートリー以外の仕方で反応することを
あまりに長いあいだしていなかったからで
決してうそっぽいわけではない。
それも自分の一部だし
その一部を実際に行動に移しているのだ。
そしてこれは、驚くほど自分を解き放ってくれる。

ユーモアを使うのは、わたしが苦手な人とかかわるときの常套《じょうとう》手段だ。
わたしには、まじめにしなくてはならない状況のほうがしっくりくる。
まじめに、そう思える。

わたしがおもしろおかしく振舞おうとしているときは
じつは、なにかを手に入れたがっているのだ。
わたしにとって、まじめになろうとすることは、そう大変ではない。
そして、わたしが媚《こ》びる必要のない人たちと一緒にいるとき
ユーモアは、ずっとたやすく生まれてくる。

人を笑わせようと必死になっているわたしは
卑屈で、つまらない人間だ。
でも、くつろいで
ほかの人たちと、はじけるような楽しさをあじわい
自分の軽やかな心を、ゆったりと表現できるとき——

そんなすてきなときには
すばらしいユーモアが
リズミカルな言葉とともにあふれだす。

自分自身を一部分でも抑えようとすると
その分のエネルギーと可能性を抑圧していることになる。
わたしがいま、自分自身にたずねてみたいのは
「どうすることが良くて、どうすることが悪いのか」ではない。
「どうすれば、自分を抑圧することなく
より大きなエネルギーをもって、自分を表現できるのか」ということだ。
自分の力をそれに注ぎ込んでいないような資質は
そのことだけで、みにくいものだと思う。
もし心をこめて、それらの面を表現できれば
それらは本当に豊かで、完全なものへと育っていくかもしれない。

わたしは、何ヵ月も、「いいやつ」ゲームをしないように気をつけていた。
しかし、今日、意識的にこのゲームをやってみた。
ゲイルとわたしは、セント・ジョンズ・カレッジのテニスコートに忍び込んだ。
そこに二人の大学教授が車であらわれた。
わたしは彼らのもとに駆けより、挨拶をした。
そして風の状態について少し話をして
昨日の全米オープンテニスの決勝戦を観ましたか、とたずねた。
また、あるブランドのテニスボールについて、彼らのアドバイスを求めた。
結果として、ゲイルとわたしは
まんまとそこでテニスをつづけられたのだが、それだけではない。
わたしは、恐怖心からこの「ゲーム」をしてしまったときよりも
ずっと自分を強く感じ、安定していた。
この、誠実でない行動を意識的にするということには
なにか誠実な部分があった。
それは、わたしが自分の行動に責任をとったということだ。

デイブがふざけているときに
ばかだなあ、と感じないなら
わたしは、いったいどんな行動をとるだろうか？
もしジェイムズ・ジョイスのように書くことができるなら
わたしは、どう書くだろうか？
もし人見知りでないなら
ボブにどんな挨拶をするだろうか？
もし自分をセクシーだと思っているなら
女性をどのように見るだろうか？
やりたいようにできるなら
どんなふるまいをするだろうか？
もしも、わたしが疲れておらず
太ってなく、小心者でもなく
殻に閉じこもってもおらず

なんであれ、いつも自分で言っているような自分でないなら
わたしは、いったいどんな人物なのだろう……

今日の朝、ジムとたまたま出くわしたとき
長いあいだおさえていた自分自身の
デール・カーネギー的な一面*が表にあらわれた。
ジムにはたった一度しか会ったことはないが
彼のことがとても好きだった。
彼は、わたしが心からうれしそうにしている様子に
顔を輝かせ、ランチに誘ってくれた。
それは、わたしが彼に望んでいた、まさにそのことだった。

*〔思いは現実化するという考え〕

郵便受けに行くとき
家のまえに生えているハコヤナギを
ただ目にとめるのではなく
その声を聴こうとしたら
どんなことが発見できるのだろう。
あわてて家のなかに駆け込まなければ
雨について、どんなことがわかるのだろう。
日の出が夜の眠り以上に、わたしを一新させてくれることも
あるのではないだろうか。

今日、夕飯の席で
グラスをいつものように右手でとるのではなく
左手でとってみた。
少し頼りない気がしたが、いい感じだった。

もし、自分のすることを
なんでも分析するようなまねをしなければ
同じように、いい感じがするだろう。

これまでに目にしたかぎりでは
小さな男の子はみな空港の通路を通っていくとき
美しいタイル張りの壁に、指をすべらせている。

ロビーには七五人もの人がいたが
大理石の床にじかに坐るとどんな感じがするのか、わかっていたのは
七歳の女の子、ただ一人だった。

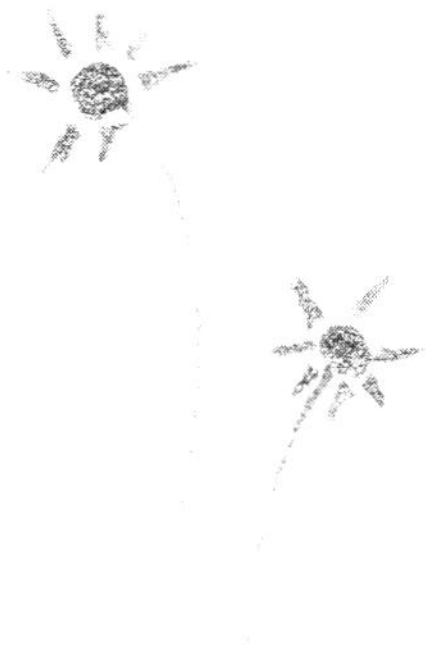

とても単純なことだ――
もしなにもやってみないなら、決してなにも学ぶことはない。
リスクをおかさないなら、同じところにとどまっているだけだ。
同じことをくり返しているかぎり
同じ世界が、自分のまわりで回っているだけで
わたしたちは生の壮大さを見逃してしまう。

ためらって、しり込みしていると
安全という幻想と引きかえに
自分を見つけだす機会を失ってしまう。

わたしは
「ありのままの自分を受け入れるよ」と言ったりするが
本当に、ありのままの自分をすべて受け入れ
それにもとづいて行動したいのだろうか？
本当に、ありのままに行動しようとしているのだろうか？

わたしは、なにか別のものになるまえに
いまの自分のままで行動しなくてはならない。

ネルソンの言うとおりだ——
「わたしたちは変われないが、広がることはできる」

今年の感謝祭の日のことだ。
ノーマンがわたしに言った——
「ぼくは、小学三年生のころから君を知っている。
クリスチャン・サイエンスの信奉者の君
ベジタリアンの君
がつがつしたビジネスマンの君
そして、なんであれ、いまの君。
いろんな君を見てきた。
君の主義は、いろいろと変わったけど
君自身は、変わらないね」

わたしも自分が変わったかどうか、わからない。
わかっているのは
自分のからだへの気づきが少しふえ
自然への気づきが少しふえ

他人への気づきが少しふえていることだ。
でも、それは本当に「変わった」ということではない。
むしろ「もどった」というほうが、正しいかもしれない――
人生を始めたときにあったものに、もどったということだ。
また、わたしは、ありのままの自分と、ありのままの他人に対して
少し寛容にもなった。
この二つは、たいてい同時並行的に起こる。
そして、いまの自分には
いくつかちがった対応ができるということもわかっている。
いまではできるようになったが
数年前にはできなかったやり方もある。
ノーマンは、おそらく正しいのだろう。
ただ「主義」が変わっただけなのだ。
わたしは、聖者や高貴な人びとについて書かれた本は読んだが
どの人も実際に知っているわけではない。

気づきや、寛容さや、オープンになることが
わたしを変えるようにはみえない。
それらはただ、わたしがわたしらしくあるように
してくれるだけだ。

彼が今晩、電話をかけてきた。
自分は一流の政治家になってみせると言う。
きっと彼はそうなるだろう。
彼の話を聞きながら、わたしは思った——
「本当の、生身の人間は、こういうすべての下にこそ存在する」と。

「ひとかどの人物」になりたいと言う。
そのように言うとき
人はきっと本当の自分でいたくないのだ。

「名声」とは、名声なんかではない。
それは遠くから、そう見えているだけにすぎない。

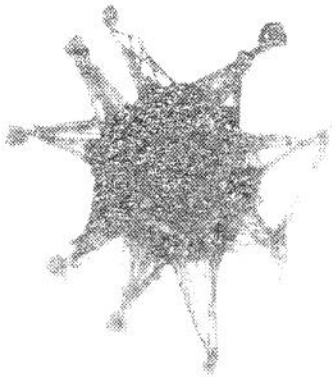

達成しなければならないものなんてない
達成すべきものは存在しない
達成すべきものなど　なにひとつない

将来なにを成しとげるかだけを気にしているかぎり
いまいる所から、すすむことはない。
野心には、「前にすすむ」ことへの反作用がふくまれている。
野心があると、そこから動けなくなる。
野心とは、過去の延長だ。
それは、すでに知っていることを、より多く求めたり
長いあいだ求めつづけていたものを欲するということだ。
オープンであることによって、前進することができる。
なぜなら、なにが先に待っているのか、まったくわからないからだ。
ここには、「こうでなくてはならない」といった、かたくなな考えはない。

わたしたちが一心に努力し、計画し
何度もやり直していることが
すべて実際にかなったとしても
せいぜい、そのままの自分がひとまわり大きくなる程度だ。
本当の進歩など、想像できるものではない。
人生が自分のまえに、どんな新しい未来を見せてくれるのかも
自分の成長をどの方向にむかわせるのかも
予想できるものではない。

わたしが、ただ望むのは
いま、この瞬間のなかでくつろぎ
いま自分にあたえられているものが見えるようになることだ。

「こうなればいいのに……」という願望が起こるのは
現在の体験とまったく対照的なものを
自分がすでに知っているということだ。

「あなたには大きな可能性があるよ」
これは、まだ埋められていない穴があるということだ。
考えることによって、その穴を埋めることはできない。
野心をいだくことで、未来を現実的に描いてみても
穴はただ大きくなるだけだ。
頭のなかの、こうしたおしゃべりを止めるには
「未来」というものを捨てなければならない。
「可能性をもつこと」を手放さなければならない。

世間からみた自分のアイデンティティはどんなものか——
そんなことばかりを考えるが
よく調べてみると、それは
まだ満たされていない欲望をつめこんだ
紙袋にすぎない。

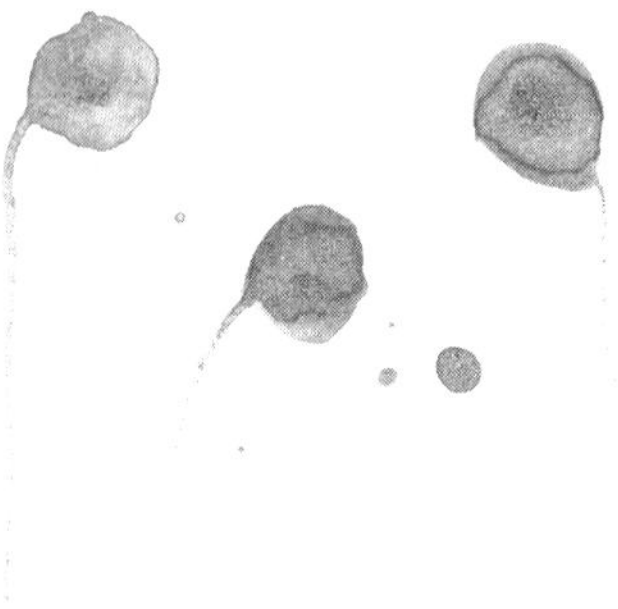

開かれ
目覚めていて
空っぽ……
だから　役に立ち
人間的で
生き生きとしている

待っている
（目的もなく）
いつも用意ができている
（求めることなく）
ただ存在している
（なにも必要とすることなく）

わたしは郵便局のまえに車をとめ
ドンと一緒に車から降りた。
わたしは郵便局に行くために車から降りた。
そのとき、ふと気づいた――
ドンは車から降り
歩きながら
まわりに目をむけ
郵便局へと、ただ体をむけていった。

ゲイルとわたしは、ナターシャをつれて
わたしの両親に会いに行った。
車から降りて、玄関にむかっていったとき
わたしは少しドキドキしていた。
ゲイルも同じだった。
しかしナターシャは、庭の植え込みに見とれていた。

（どこかにたどり着くという）目的なしに歩く
（おなかをいっぱいにするという）目的なしに食べる
（判断するという）目的なしに見る
（説得するという）目的なしに話す
（達成するという）目的なしに生きる

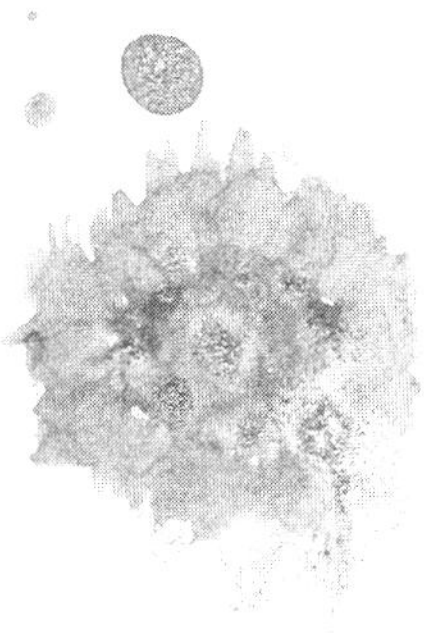

達成したいと思うのは、決してまずいことではない。
まずいのは、達成しなければならないと思うことだ。

わたしの場合、なにかを達成したいという思いは
周期的におとずれる。
まるで、食べ物をほしくなるようなものだ。
そして、そんな思いをもっているときには
懸命に働いたり、一心に取り組まないと
決してみたされた感じがしない。
しかしわたしは、自分の思い描いたとおりの「未来」を
追い求めているのではない。
いま、この「現在」から行動を起こし
そのプロセスを楽しんでいるのだ。

わたしは、とほうもない時間を費やして
なにかすることを探しもとめ
自分が完全なものとなる方法を探している。
しかし、その間ずっと
わたしのからだ、わたしの存在、神
なんとでも呼べばいいが——
そういうものが、音楽をかなでている。
わたしに必要なのは、そのリズムとともにあることだ。

問題とは
解決するために
考えるべきものではない。

ときどき不安におそわれると
部屋のあかりをつけたくなる。

なにをなすべきか

なにもない
「なにもないこと」が　なすべきこと
（なにもない——それが唯一なすこと）

わたしは　ただ存在するだけで価値がある
（「ただ　それだけで？」
それでいい
わたしには存在する価値がある）

もしも空の星が
なにかをやりはじめようとしたら　どうだろう
（「ハチドリさん　なにをしているの」

「ただハチドリでいるだけよ」
「えっ　それだけなの？」）

なにかをやりはじめると
「ただ存在すること」をやめてしまう

「どうして君がほとんどなにもしないのか　わからないよ」
（それって　ほめてくれてるんだね）

ツナ缶は開けないよ――
だって、ゆうべのキャセロールを食べないと
だめになってしまうかもしれないからね。
温度調節器は、いじらないよ――
だって、あとで熱くなりすぎるかもしれないからね。
食事のとき、コーヒーテーブルは引っ張ってこないよ――
だって、あとで戻しておかないといけないからね。
わたしは、なんと驚くほど
自分を未来に縛りつけていることだろう。

ベッドを整える。
歯磨き粉をつける。
家事のチェックリストを書きだす――
わたしの完璧主義は、わたしを未来中心の人間にする。

立ちあがるとき
イスに腰をおろすとき
歩きはじめるとき
なにかに手を伸ばそうとするとき
そんなときは、いつも注意が現在からそれてしまう。
そして一時的に、からだのことを忘れてしまう。
グラスに水を入れるというような
そんなささいな目的をもつときにも
自分の五感から離れる必要はないのだ。
自分のやりたいことがわかっていて
なおかつ、この現在にとどまることもできる。

問題なのは、目的をもつかどうかではない。
問題なのは、それがいま、この現在に生まれた目的なのか
以前に決めた目的なのか、ということだ。

彼女をイカせようとすることは
自分がイクのと同じようにゴールにむかってがんばることだ。
もし彼女の未来を想定してセックスをしているのなら
わたしは、いまセックスをしていないことになる。

木にやすりをかけるリズムとひとつになる。
往復するたびに、豊かで、なめらかな木肌があらわれる。
ただ、していることをする。
やり終えるためにするのではない。

さきを急ぐことに意味はない。
あまりに、ものごとが混乱する。
つぎにやろうと計画したことを開始するために
いま、こんなことをやっているのだ。

いつもわたしは、未来を中心に生きている。
だから、そのつど、この人生を失っている。
幼いころを除くと
わたしは、おそらく毎日
ほんの一、二分しか、生きていないだろう。

「今日こそが、残りの人生の始まりだ」
いや、そうではない。
いまが、わたしの人生のすべてだ。

進歩に関するパラドックスとは
いまここでしか存在できない、と気づくたびに
わたしが成長するということだ。

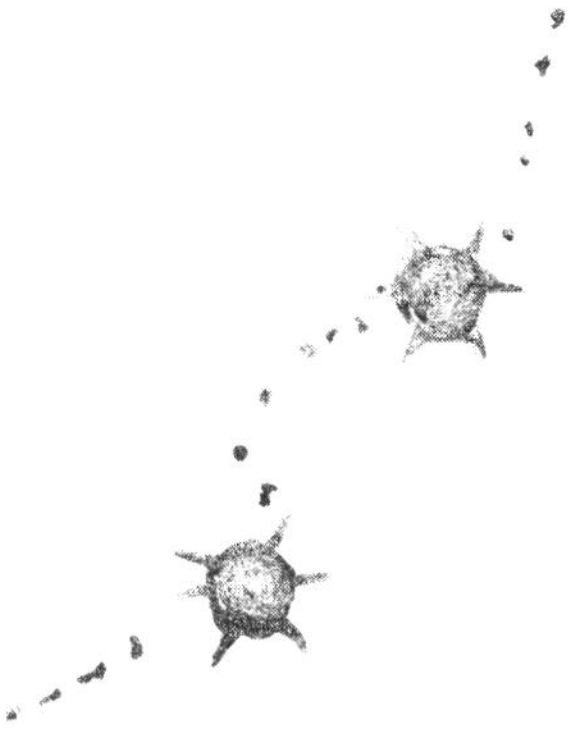

わたしにとっての成長とは
新しいことを学ぶことではなく
くり返し過去の教訓を学び直すということだ。
智恵は変化しない。
変わるのは状況だけだ。

「ふれている」とは
いまこの場にふれているということ
いまここにいる人たちにふれているということ
「いまここ」が告げているものに開かれているということ。
できごとや人びとは
わたしたちの意志にコントロールされているのではない。
本当は、わたしたちは、なにもコントロールなどしていない。
ものごとがこうなってほしいと思うのは、見当ちがいなことだ。
問題なのは、それがいま、どうなっているかだ。

たしか、これは古い諺《ことわざ》にあった——
「決して幸福をあとまわしにしてはいけない。
それがどんなものか、わかっていると思い込んで……」

心がすさみ、どす黒くなっている。
赤く燃えさかる炎のように激しく動揺し
心底、そんなこと起こらなければよかったのにと思う。
しかしいま、それをただ受け入れてみよう。
その暗いイメージが、わたしの心を恐怖で満たすままにして……
気づきが悪夢になることだってある。
いまのわたしに、それはきつすぎる。
願わくは、退屈で、ささやかな日常のなかに、ゆっくりと顔をしずめたい。
昨日をとりもどしたい。

ここ三週間ほど、わたしはおだやかな気持ちで
日々の雑用をこなしている。
ときには、慣れ親しんだ日常に引きこもることも必要だ。
未知のものが恐ろしくなくなるまで
すでに知っているもののなかで休めばいい。

問題が、わたしたちを選んでやってくるのではない。
「わたし対あなた」とか
「わたし対それ」というのは
ひとつの方向に向きを決めることによって生じる。
しかし、人生は一車線の道路ではない。
わたしたちのなかには、あらゆる道がある。
出会いはすべて交差点で起こる。
ふり返ってみると、わたしの問題の多くは
まっすぐ前ばかりを見ていたことから生じている。

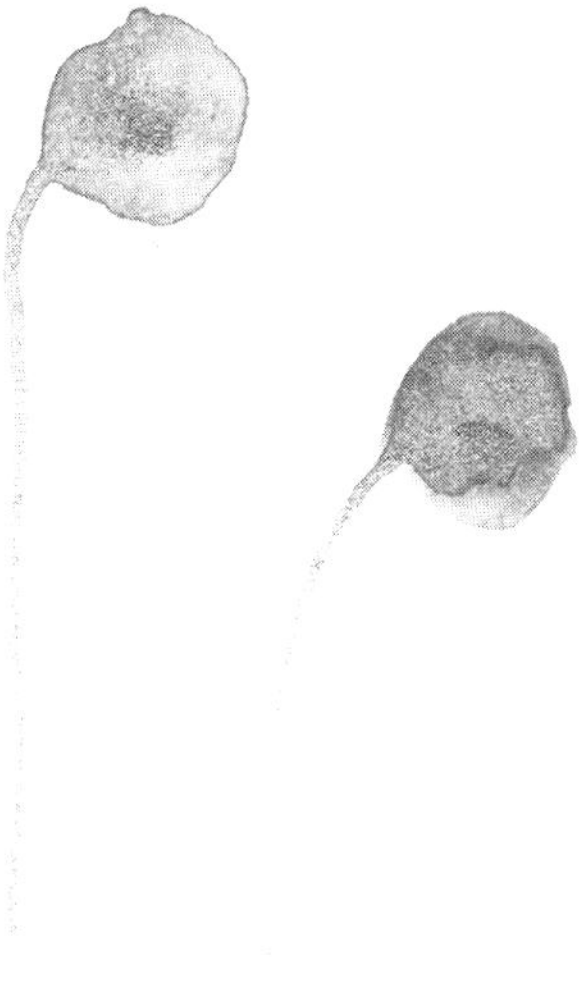

寛容であることや
直観を大切にすることは
心を広げてくれる。
不平を言ったり、恨みをいだくことは
心を狭める。

わたしの問題への取り組み方からは
しばしば、わたしの問題の生みだし方が見えてくる。

わたしはよく
自分がどう感じているかを見つめることよりも
どう感じたいのか、ということにこだわっている。

人からばかだと思われることへの恐怖がどれほど強いものか
今日はじめて気づいた。
わたしが、ある本屋に行くと
店の主人から本にサインをしてくれないか、と頼まれた。
本にメッセージを書いているとき
ある単語のスペルがわからなくなった。
皮肉にも、それはcontrolledという単語だった。
「エルは一つだったたっけ、二つだったたっけ?
もしまちがえれば、すぐにみんな気がつくよな……
でも、スペルを聞いたら、まわりにいる連中は、きっと……」
そのとき、文字どおり、汗が滝のように流れた。

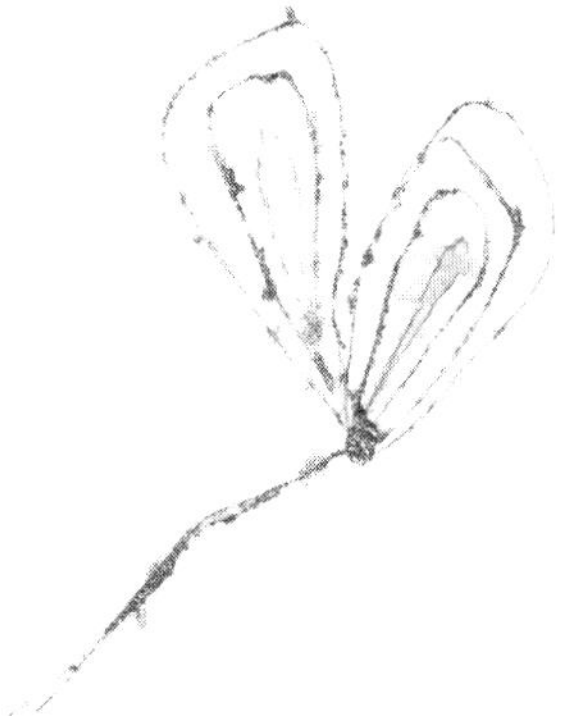

魅力的な女性は、たいていわたしに恐怖心をいだかせる。
とくに背の高い、ブロンドの女性だ。
そういう女性に会うときはいつも
自分が少し間抜けな感じがする。
その女性を気に入ったときは
必死になって、気のないそぶりをする。
たとえば、できるだけ彼女の眼を見ないとか
まったく下心のない様子で礼儀正しくふるまうとか……
もし彼女のボーイフレンドや夫が一緒なら
その男とばかり話をする。

「それは心配なことですね」

「心配な」というのは、ひとつの解釈だ。

だが、わたしが本当に感じとっているのは、ある種の感覚だ。

とても重要なこと――
からだのなかにやってきては去っていく感覚に対して
なにかをしなければならない、とは考えないこと。
その感覚に名前をつけたり
すぐに行動を起こさなくてはならない、とは考えないこと。
そのかわり、言葉にあらわすことなく、悲しみを見つめること。
言葉にあらわすことなく、空腹感を見つめること。
感じているままに感じること。
今度ばかりは、それを過去に結びつけたりしないこと。
未来の結果を予測しないこと。

なにものかに対して性的興奮を感じる必要はない。
ただ興奮することが、純粋な快感となりえる。

ある晩、わたしは有名なセラピストに会ったが
会ってすぐさま、彼女に
胃に慢性的な問題があるのだが、治療してくれないか、と頼んでみた。
彼女は、夜には仕事をしないのよと、すげなく答えた。
わたしは、かなりの勇気をだして彼女にお願いをしたのだ。
彼女の答えを聞いて
胸から頭に、熱いものがつきあげるのを感じた。
いつもやっているわけではないのだが
そのとき、わたしは、ただその感覚にとどまってみた。
感覚をすっ飛ばしてセラピストのことを考えたりはしなかった。
少しして、その感覚はうすれ、一件落着した。
頭のなかでは、いまだに彼女の言葉が響いているが
心の傷は残っていない。

ゲイルがまた猫を拾ってきた。
名前をつけることなく、数匹の猫を見つめる……
何匹いるか数えることもなく、ただそれらの猫を見つめる……
この状況がどう映っているかではなく
この状況について、自分がどうしたいのかを知ることだ。

「タマゴ」という言葉を思わずに
卵を食べる。
それはどんな色や形をしていて
どんな味がして
からだのなかで、どんな感じがするのか——
そんなことに気づいてみる。

今日、わたしが小さな店で用事をすませ
入口のあたりに立っている人びとのあいだをぬって
外に出ようとしていたときのことだ——
店主が突然、大きな声で言った。
「その人が本の著者よ！」
そのとたん、わたしは、頭が真っ白になり
わけがわからなくなった。
転びかけながらドアから出ていくまで
ほとんどなにも目に入らなかった。
店主が声をあげるまでは
わたしが通りぬけようとしていた人たちは
わたしには、どうでもよい存在だった。
しかし、店主が声をあげたとたん
その人たちは意味をもつ存在に変わった。
人びとがどんな反応をするのか気になったが

わたしは、それを悟られないようにした。
ただ、見られているという感覚を強烈に感じた。
実のところ本当に見られていたのかどうかなんて、わからない。
ただ、見られていると感じたのだ。
自分が見られていると感じたのは
明らかに、相手を気にしだしてからだ。
人をジロジロ見てはいけない、と思ったりしていなければ
「見られている」という感じも
おそらく、こんなに強くはないだろう。

どんな困難でも、たいてい誠実さには道をゆずる。
自分に正直であるなら、わたしは自分を愚かに感じることはない。
自分に正直であるなら、わたしは自動的に謙虚になれる。

いても
本かいていても
部屋の模様替えをしていても
料理をつくっていても
自分のやり方をすれば
人は創造的にならざるをえない。

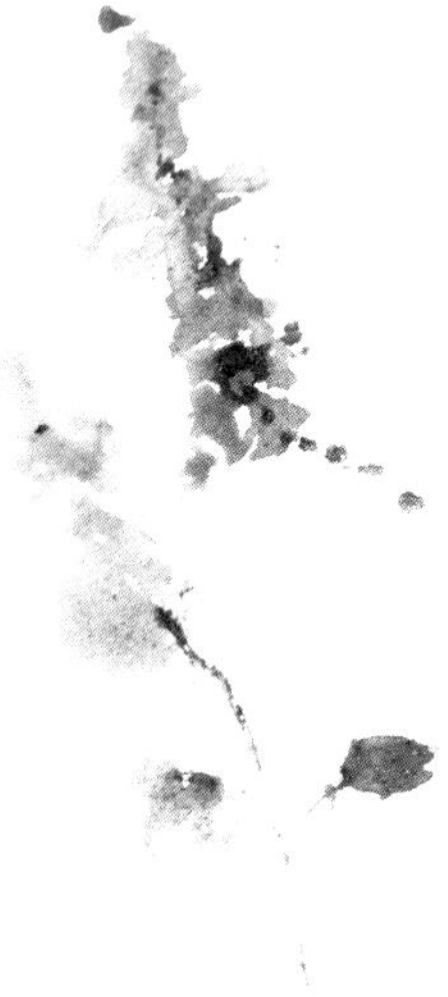

うそは膨大《ぼうだい》なエネルギーを節約してくれることがある――
だが、うそをつくと、そうならないときもある。

「でも、眠いはずないでしょ——
九時間も寝たんだから」
「でも、おなかが空いているはずないでしょ——
さっき食べたばかりなんだから」
「でも、病気のはずないでしょ——
健康診断を受けたばかりなんだから」
「でも、落ち込んでるはずないでしょ——
新車を買ったばかりなんだから」
「でも、アザになってるはずないでしょ——
そんなに強く叩いてないんだから」
（正直でない、というのは
言葉の催眠にかかって
自分の経験していることを
無視している状態のことだ）

わたしは、自分が秘密をかかえていることに気づいた。
それは、こんなことがあってからだ——
わたしは、デイブの息子に
「リビングルームにある電話を使いたくなかったら
ベッドルームにもあるよ」と言った。
すると彼は一息ついて、こう言ったのだ——
「ぼくには、隠しごとなんかないよ」

誰かに話したくて、なんと言ったらいいのか言葉につまったとき
いちばん簡単なのは、自分がいま経験していることを素直に話すことだ——
「話をしたいのだけど、まず、なんて言ったらいいのかわからないんだ」
あるいは、ただ、だまっているという選択肢もある。

わたしが何度も同じことを口にしているときには
それをやってみたいってことだ。

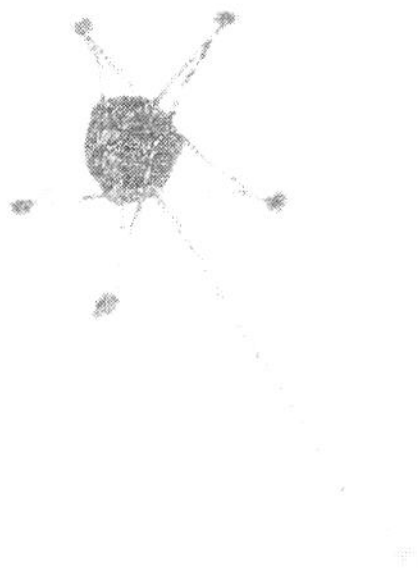

わたしたちは、欲望と行動の板挟《ばさ》みになって
光か影か、愛か憎しみか、平和か混乱か――
どちらか一方を選択しようとする。
だが、決めようとしているかぎり
本当はなにをしたいのか、感じとることなどできない。

わたしたちが「決める」ことを難しいと思うのは
ひとつには、決めずに保留してはいけないと思っているからだ。
「決定する」という言葉は
「完了する」という意味をふくんでいる。
しばしば、自分がどの方向に傾いているかに気づくことで
「決定する」ことを省くことができる。
「どっちのほうが好きかな」と自問することで
完璧主義を切り抜けることができる。

「決めた」ことよりも、好みのことをするなら
わたしは変化に対して、少しオープンになれる。
これまでのやり方をふり返って、新たに結論をだす必要はない。
ただ、自分がいま、なにを好きになっているのかに気づくだけだ。
もちろん、もっと大きな問題は
わたしのなかの、いったいどの部分から
この好みが生まれているのか、ということだ。

「長いあいだ、放《ほ》ったらかしにしていたなんて
なんてことだ」と思った瞬間
少しできるようになったことは多い。
わたしの場合、なにかを実際にやる場面で
同時に自己批判が生じるのは
決して偶然ではないだろう。

なにもうまくいかない日
ぶつぶつと、「いずれいい時がくるさ」と言いつづける。
いったん立ちどまって、自分をとりもどすこともなく……

どうして立ちどまることや、じっとしていることに
恐れをいだくのだろう。
じっと立ちどまって、心のなかをのぞき込むときに見えてくるものが
怖いのだろうか。

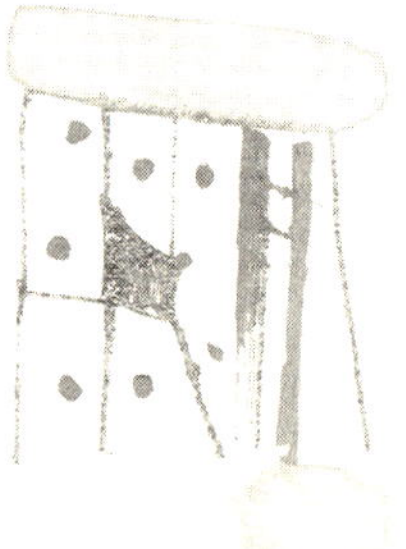

「自分は、どのくらい進歩したのだろうか?」
これは、なにを意味しているのか。
「以前より忍耐強くなったのか?
もっと柔軟になったのか?
それとも、まえより積極的になったのか?」
進歩というような概念は、おそらく役に立たない。
わたしは、いまこの瞬間に忍耐強いか、そうでないか
そのどちらかでしかない。
もしそうでないなら、わたしの「進歩」はすべて
意味がないということになる。

今日届いた手紙のなかで、ひとりの友人が記していた——
「あなたは、自分がまちがいを犯したから
あなたの存在自体がまちがいだとでも思ってるの？」

「まちがい」というようなものはない。
あるのは、ただ起こったことだけだ。

まちがいは、進歩と同様、いまここで起こる。
いまわたしは、利己的な本能の側につこうとしているのか？
だったら、いま、まちがいを犯そうとしているのだ。

わたしは、必要でないものを買ってしまう。
そして、買ったことを正当化するために、その使い道をさがす。
こうしてみると、わたしは、やりたくないことを
二度もやっていることになる。

「どうすれば解決できるだろう」ではなく
「どうすれば少しでもよくなるだろう」と思いながら問題に取り組むと
欲求不満に陥らずにすむ。
魔法の杖のひとふりで解決できるものなどなにもない——
こんなことが、どうしてわからなかったのか。
せいぜいできるのは、問題を削って、小さくしていくことくらいだ。

問題は、決して本当に解決することはない。
いつも残りものがある。

「問題」という言葉は、ひとつの幻想をふくんでいる——
自分がかかえている問題は、はっきり限定できるという幻想だ。
しかし、あらゆることが、あらゆることと混じりあっている。

なにごとも、正確には自分の願ったとおりではない——
こう気づいたときから
ほんの少し毎日が幸せになった。
これが生のあり方というものだ。
これで、ひとつ無駄な戦いをしなくてよくなった。

今日、ある年老いた女性がこう言うのを聞いた——
「わたしが心配していることって
ぜんぜん心配しなくてもいいことだわ」

わたしは、きまっていくつかの単語を使っていることに気づいた——
たとえば、「なぜ」「どうして」「である」「感じる」「なぜなら」「べき」
といった言葉だ。
しかし、タブーの言葉や、使うべき言葉や
使うべきではない言葉といったものはなく
そこに、どんな決まりもない。
使う言葉自体が問題なのではなく
ある言葉を使うとき、自分のなかでなにが起こっているのかが問題なのだ。
大切なのは、そのとき起こっていることに敏感に気づき
その言葉がどこから出てきているのかを見つめることだ。
もし、あれこれ思って言葉を選んでいるのなら
わたしは、自分以外の誰か別人になろうとしているのだ。
自分が言いたいことを言わないのなら
わたしは、ただの見せかけにすぎない。

わたしは
神経生理学者で、詩人でもあった
ウォレン・マカラックが言った言葉が好きだ。
「わたしの指を噛まないでくれ。
わたしが指さすほうを見るのだ」

ルールもなく
「べき」もなく
「ねばならない」もない……
わたしは自由だ

ルールもなく
「べき」もなく
「ねばならない」もない……
わたしは自由だ

ルールもなく
「べき」もなく
「ねばならない」もない……
わたしは自由だ

成長するということが
本当に大仕事になったりすることがある。

今夜のパーティで、ディナに会った。

彼女は、明るく笑いながらこう言った——

「今年は、もう苦しまないことに決めたの」

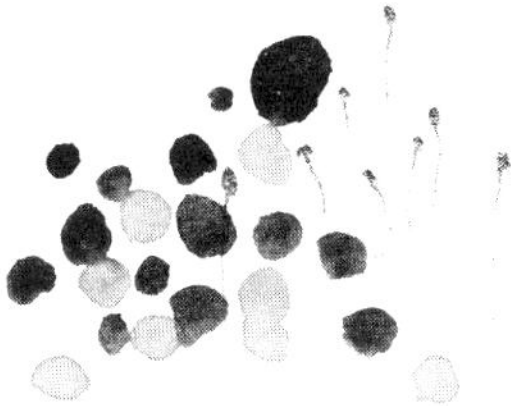

セラピストたちが、いろんなセラピーについて
あれこれと論評するのを聞くのは、うんざりだ。
なぜ、その正体を、どこまでも暴こうとする必要があるのか？
宗教の場合もそうだが、その人の人生を幸福にできれば
どんなセラピーだって、その人にとっては良いものなのだ。
そんなこと、はっきりしているではないか。

ひとつのセラピーや、哲学や、宗教は
ひとつのものの見方にすぎない。
ある面を強調することで、結果として
ほかのことはすべて無視されてしまう。
新しい教えを得ると
古いものでは要領を得なかった
一つか二つの状況について
すっきり、わかったと感じることがある。

しかし、これまで、わたしの人生にぴたりとあてはまるような教えに
出会ったことはない。

秘密の教えであれ、経験に則したものであれ、なんであっても
少なくとも、文字に書かれたもので
まさにいま、わたしの人生のなかで起こっていることに
正確に対応してくれるものは、なにひとつない。

わたしの友人のなかには
どんなに壁や行き詰まりを感じても
それを取り除くことができると信じて
（それゆえ、取り除かなければならないと信じて）
自分自身を苦しめている人たちがいる。
「解決する」というような表現には
その裏に、別の意味（「終結」「任務完了」「取引終了」）が
ふくまれている。
わたしは、そのような見方が助けになるとは思わない。
「問題」だと映るものは、いつも別の面から見ることができる。
セラピーのなかでも
あるセラピストに「心的障壁《ブロック》」として見えているものが
別のセラピストには、健康を示すサインとして見える。
不安や恐怖症のように、誰もが経験するような状態を
完全に「解決する」ことは、はたして可能だろうか。

もちろん、より自由な方向にむかって進んでいくことは可能だが
慢性的な激しい憎悪を完全に解消した人など、わたしは知らない。
自分がそうできたと思ったときには
その痕跡《こんせき》があらわれて
心はそう簡単に憎しみを消し去れないと、気づかせてくれる。
いまのわたしの場合、なにかが生の楽しみを邪魔していると思うなら
しばらくのあいだ、それに取り組んでみる
（ただし、その取り組みが役に立っていると思えるかぎりで……）。
しかし、それをぜひとも終結させなければならない、とは思っていない。

抜けだすとは　入りこむこと
中に入るとは　通りぬけること
（まわりをめぐるのは　通りぬけることではない）

「ここにいる」ということが　到達するということ
「到達したい」とは　ここにとどまりつづけること
（動くとは　立ちどまりつづけること）

持つとは　手に入れること
求めるとは　受けとっていないこと
（ただ存在することが　みちたりていること）

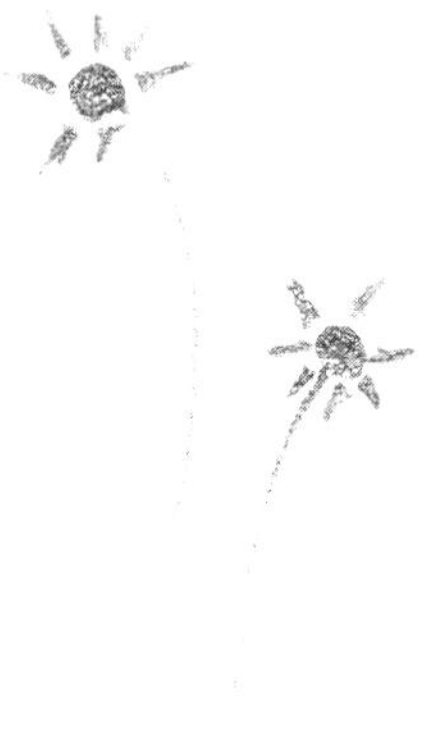

楽しくすごすことをタブー視する考え方が、いまだにある。
どうやら、人生は楽しいものであってはいけないらしい。
わたしには、あと二、三〇年しか残っていない。
いや、二、三〇分かもしれない。
この時を楽しむのが
本当に大切な、ただひとつのことだと思う。

今日の午後、ネルソンとテニスをしていた。
そのとき、彼が言った――
「今日はつぎからつぎへと、いろんなことをしてるから
『自分は、こんなことのために生きてるのか?』と
ずっと自分に聞いてるんだ」

自制心を養えば、内なる葛藤を感じなくてすむようになれるが
もし別の選択肢があたえられるなら
わたしは、いつも自分の望むことだけをしているはずだ。

自分を肯定的に高めるような努力がある。
それは、子猫が成功するまで何度も木に登ろうとするようなものだ。
一方、自分を否定するような、まずい努力もある。
それは、誰かに気に入ってもらおうと努力して
それにしくじるたびに
ますます人から好かれなくなっていくようなときだ。

しばしば、わたしの考えることはなんでも
なにかになるための奮闘のように思える。

実際に頭のなかで、こんな声が聞こえてくる——

「思い返してみろよ。あのときは、うまくやったじゃないか」

（今度は、もっとよくできるはずだぞ！）

「ほら見たことか。ばかなことをしたもんだ」

（もう二度と、そんなことは許さないぞ！）

「いま経験していることに注意を払うんだ。

そうすれば、この経験を生かせるぞ！」

（将来のためになるぞ！）

思考とは、メモ用紙に残した走り書きのようなもので
将来、決して読まれることはない。

今日の午後、友人のレイがやってきて
わたしが「眼で星々の声を聴く」ことについて書いたものを見るなり
こう言った——
「そうか、わかったぞ。
君はここで、女性性、つまり陰陽の陰のほうを演じていて
自然のほうに、男性性、つまり陽を演じさせているんだね」
レイ、概念化することで
君は大事なことを埋没《まいぼつ》させてしまうんだよ。

考えているかぎり、わたしは
いまここに完全に存在しているとはいえない。

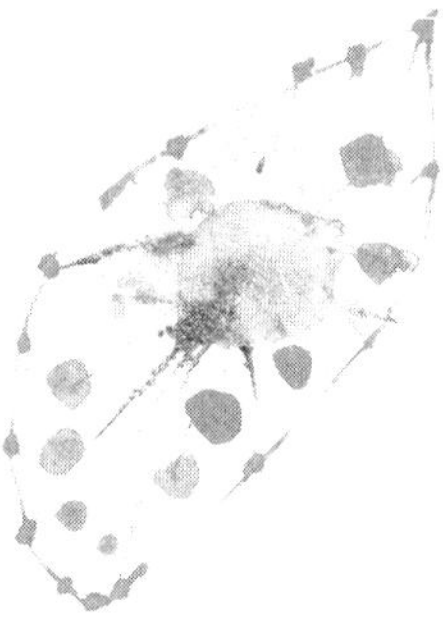

ジェリーは、女性の絵を描くと
いつも気味悪い感じになってしまい、困惑しているという。
彼は『プレイボーイ』のグラビア写真をよくモデルに使っていると言った。
わたしは「なぜ君の描く絵が気味悪いものに見えるのかよくわかるよ。
だって、その女性たちは、そもそも偽りの演技をしてるんだから」と言った。
いまになって、そんなことを言わなければよかったと後悔している。
わたしが話したのは、ひとつの「説明」にすぎないからだ。
もし彼がそれを受け入れてしまえば
これまで以上に
自分について、なにかを発見することができなくなってしまう。
彼は、自分の内側を見つめたかったのだ。
わたしが単なる「説明」をもちだしたために
彼は、そちらのほうを見てしまうことになった。

思考とは
病気の症状のようなものだ。

恐怖は明らかに多くの思考を生みだす。
過去の失敗を克服できないのではないかという恐怖
「○○になれないかもしれない」という恐怖……

いろんな考えが頭のなかをめぐっているとき
わたしは孤独から解放されているような幻想をいだく。

心《マインド》に注意をむけないようにしても
すぐに注意がもどってしまう。
こんな状態が二週間ばかりつづいている。
心をクリアーにしたいのだが
明らかに、こんなやり方ではうまくいかない。

（いったい、なぜ心をクリアーにしたいのか？
そうすれば、まわりの世界がよく見えるから……
いいだろう。それなら、まわりの世界を見ればいいじゃないか）

思考をすべて止めようとするのは
鏡のまえにもう一枚鏡を立てて
そのなかをのぞき込むようなものだ。
わたしの心は二つに分かれて対峙《たいじ》する。
この対立から抜けだすには
自分の五感に立ちもどらなければならない。

思考をすべて止めようというのは
武装した思考どうしが戦っているようなものだ。
しかし、戦いの雄叫《おたけ》びをあげているのは
わたし一人だ。

思考を消し去ろうとするなら
わたしは、その思考を非難していることになる。
そして、非難をするなら
それは、ワルモノ以外のなにに見えるだろうか。
思考の世界は広大だ。
誰もそのすみずみまで探検したことはないのに……

わたしは、静けさをいつも望んでいるわけではない。
静かな心を、ひとつの選択肢として持ちたいのだ。

わたしの頭のなかでくり広げられる会話の大半は
堂々めぐりの、ねぼけたおしゃべりだが
それとはちがう思考の仕方も、いろいろとある――
わたしは言葉を使って、混乱から抜けだそうとするときがある。
絡《から》まりや、もつれをほどくのだ。

言葉を使うことで、ものごとをはっきりさせることができる。
瞑想をしていると、ときどき
思考が心のなかにあらわれては、通りすぎていく。
まるで鳥が飛び、星が流れていくように……
さらに、わたしの核心にむけて直接語りかけてくる思考がある。
言葉とともに突然、洞察がおとずれるのだ。
その言葉が必要なのかどうか、まだよくわからない。
おそらく言葉は洞察そのものではなく、洞察の余韻《よいん》にすぎない。
ずっと先のいつの日にか
言葉をすべて置き去りにできるかもしれない。
まるで子どもが、やってきた道を忘れてしまうように……

父がこの詩を書いたとき
思考のない時を生きるのが、どんなものだったのか
きっと思いだしていたのだろう。

寒く　静かな夜だった
星はランタンのように闇を照らし
空は果てしなく　銀のきらめきを放ち
心を超えて　深くまで達する
これまでの自分以上のものを感じ
わたしのスピリットは天高く舞い上がり
いま　それができると悟る
たとえ世界が　なんと言おうと

星明かりがつくりだすかたちを見つめ
未知の力を通りぬけ

真なるものにふれられると信じる
時は　わたしのそばを通りすぎて
いってしまうだろう

果てのない世界は
未知なる色やかたちを見せ
色鮮やかな調和をかもしだす

言葉はもう役に立たない
古い思考も背後に過ぎ去った
日の光に照らされたしずくのように
鮮明なイメージが
わたしの心を自由に流れていく
イメージが生みだすがままの存在となり
そのなかには　時間も空間もない

ふり返ってみれば
夢のようだ
わたしには「いま」だけが真実だった
その力の深さと感覚が
わたし自身を超えて
わたしを動かしていく

自分の空想《ファンタジー》を見つめるとき
それが肉体にどんな作用をおよぼすのか
からだのなかに、なにを引き起こすのか
行動をどのように変えるのかに注意してみるといい。
わたしは空想の助けを借りて
眠りについたり
性的な興奮を引き起こすことがある。
これらは、空想のもたらす肉体的な効果だ。
しかし、もう終わってしまった過去の出来事に
いつまでも腹を立てているとき
いったい自分は、どんな空想をはたらかせているのだろうか？
十分に納得できるリスクさえも避けているとき
どんな空想を用いているのだろうか？

空想は、やり残したことを教えてくれる。
空想は、行動を起こすまえに立ちどまらせてくれる。
空想は、感情や直観にもっと気づいてくれという、からだからの願いだ。
空想は、自分を非難するときに用いる間接的方法だ。
空想は、わたしが設定した目標だ。
しかし、空想はいつも空想であって
どんな内容の空想であろうと
それは自分自身についての空想にほかならない。

夢や空想を、ただそのまま見ることができれば
その意味は、おのずと明らかになることがある。

わたし：「わたしの人生はどこかおかしい。
でも、それがどういうことか、よくわからないんだ」
夢：「じゃあ、それを絵に描いてあげるよ」

もしも、この世がひとつの夢であり
夢が現実となるのなら、どうだろう。
わたしは、毎日の生活をどんなふうに見るだろうか。
もし誰かがわたしを不当に扱ったと思えば
なにか仕返しをするだろうか。
その人物が、夢のなかの登場人物だと知っていても……

夢が人生について明確なメッセージを運んでくるとき
それは、たいてい夢の映像にではなく
夢のなかでの感情にふくまれている。
夢の映像は、自分が感じていることを映しだしているらしい。
夢には、いろんな場面が登場するが
たいてい、それらの場面は感情をめぐってあらわれる。
その感情は、最近いだいた感情、とくに「あの日」の感情だ。
いつものわたしは、そのような感情を脇に追いやっている。

このようにみると、夢は、まるで

「今日あなたが感じたことを見なさい。

ちゃんとそれに気づいてなかったでしょ」と言っているかのようだ。

おそらく、自分の感情に十分に気づいている人は、夢を見ることもないのだろう。

こんな問いを、いくつか立ててみることで

夢についていてわかっていなかったことに気づくことがある――

夢を見ているあいだ、どんな感情をいだいていたのか？

なにを感じていて、なにを感じて**いなかった**のか？

その感情は、どのくらいなじみのものなのか？

夢のなかでの行動は、なにを指し示しているのか？

また、その行動は、なにがなされなければならないと告げているのか？

夢のなかで、エネルギーの源はどこにあったのか？
なにが支配的な力をもっていたのか？

夢のなかで欠けていたものはなにか？
ふつうなら存在しているのに、そこになかったものはなにか？

夢のなかで、恐れを感じさせていたものは、どこからきたのか？
それは、なんだったのか？
また、喜びの源となるものは、なんだったのか？

夢は、どこかの場面の途中で終わったのか？
もしそうなら、どんな結末が予想できるだろうか？

夢はどんなかたちで、わたしの不満を告げていただろうか？
なにが割り込んできて、行動の流れをさえぎったり、変えたりしただろうか？

夢のムード（場面や雰囲気）はどんなものだったのか？
日々の生活は、そういう感じになっているのだろうか？

夢は、からだのなかで役に立つ働きをしていると思う――
見た夢について、なにかをしようが、しまいが、それとは関係なく。
ほとんどの場合、わたしが見る夢には、すぐにわかる明確な意味などない。
夢のメッセージがすぐにわからなければ
たいてい、その夢について取り組むのをやめてしまう。

はっきりと見てとるためには
すでに見えているものに注意をむけるだけでいい。
見えるはずなのに見えないようなものを、探すにはおよばない。

わたしたちは、もう十分に知っている。

気づくようになる必要はない。
見る努力をはじめる必要もないし、聴き方を学ぶ必要もない。
わたしのからだは、すでに気づいている。
わたしには、すでに見えている。
わたしに必要なのは、そうした気づきにオープンになって
すでに気づいていることを意識しつづけることだ。
気づきはすでにあたえられている。
ただ必要なのは、思考がそれを邪魔しないようにすることだ。
もちろん、それは「する」ことではなく
「しない」ということなのだが……

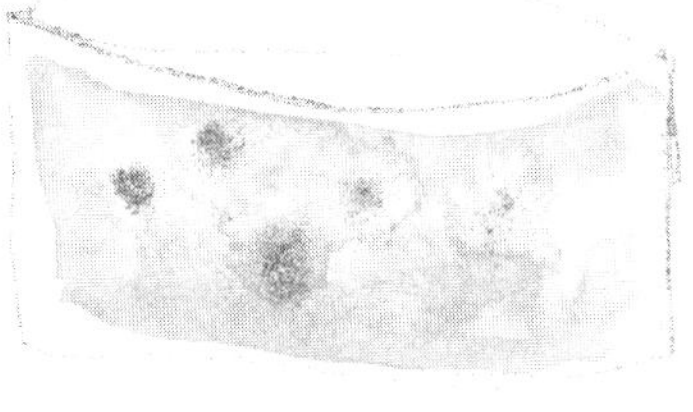

人びとが、「マインドフルネス」〔気づきに満ちた状態〕を
あたかも万能薬のように語るのを、よく耳にする。
「マインドフルネス」も、ひとつの言葉だ。
「愛」と同じように、それは言葉だ。
その定義の幅はとても広い。
しかし、なにもかも入れられるほど広くはない。

わたしは、目覚まし時計が「好き」ではない。
でも、それは便利だ。
わたしは、緊張が「好き」ではない。
でも、それは、なにかに注意する必要があることを教えてくれる。
わたしは、恥ずかしい思いをして、たじろぐことが「好き」ではない。
でも、それは、行き止まりと脇道がわかるように照らしだしてくれる。

犬のポピダは、ジョギングにつれていってもらえると思うと
すぐに伸びや、あくびをはじめ、少し吠える。
ムースウッドも、ディポも、まったく同じことをする。
犬は、興奮や緊張が筋肉に伝わると、すぐに反応し、伸びをしたり、動きをはじめる。
ここ何年ものあいだ、わたしは緊張したとき
筋肉の動きをとめ、筋肉を固めておくことで緊張を見せないようにしてきた。
ああ、犬の知恵にはかなわない。

わたしのからだは
わたしがそこに投げ入れたものに応じて
見たり、行動したり、感じたりしようとする。
もし想像のなかで
わたしが呑み込んだガラクタを片手にのせ
もう一方の手に、自分のからだをのせて見てみれば
わたしが自分に対しておこなっていることが、一目でわかるだろう。

これまで、どれほど多くの緊張を
自分のからだに押しつけてきたことだろう。
どれほど懸命に、自分をコントロールしようとしてきたことだろう。
わたしがガチガチに固まっていたって、不思議ではない。
長年にわたって、自分を締めあげてきたのだから。

もう始めて何ヵ月にもなるが
わたしは、からだが伸ばしてほしがっているところを
ストレッチするようにしている。
筋肉や関節がどうしてほしいと言っているのか、聴きわけて
感触をさぐりながらやってみる。
時をえらばず、気持ちよく感じるところまで伸ばす。
結果的に、からだを締めつけるいつもの練習にくらべ
精神的に解放され、たましいが豊かになった気がする。
まるで、からだが必要とするものを食べることで
肉体に栄養がいきわたるかのようだ。

わたしは、おなかが空いたときは、いつなんどきであれ
ただ、おなかを満たしてやることだけを考え、そのほかのことは考えない。
では、どうして筋肉が緊張したり、疲れたりしたとき
すぐにその筋肉をいたわろうとしないのだろうか。

どうして頭《マインド》が、言うことを聞かなくなったとき
それに親しみをこめて接してあげられないのか？

今晩、とうとうやってのけた――
頭痛をやりすごしたのだ。
頭痛がはじまると、動かずじっとして
やってくる痛みの波を、なすがままにしてみた。
すると、その夜はずっと首と頭が楽だった。

からだとは、たましいを映しだす鏡であり
病とは、その映像にすぎないのだろうか？

明らかに、わたしの病気の多くは
内なる葛藤が表にあらわれたものであり
内なる葛藤を解き放たなければ
わたしのからだは病んでしまう。

痛みに耳をすませてみよう。
からだからでてくる不満の声に耳を傾けてみよう。
胃潰瘍が、わたしになにをさせたいのか、気づいてみよう。
病気は、スピリチュアルなあやまちの産物ではない――
それは、人間のスピリチュアルな面に気づかせてくれるものだ。

病気かどうかで、人を判断するのは愚かなことだ。
同じように、高次な世界からの導きを受けているかどうかで
人を判断するのも愚かだ。

今晩、母がわたしに怒りをぶつけた。
そのとき、わたしは立ちあがり、天井にむかって両腕を伸ばした。
それから坐り直してみると
母がわたしになんと言っているのか、聴くことができた。

うちの大家と話をしていた夜のことだ――
わたしは、いつものように口を開け
彼が言っていることを
いつものように、すべてそのまま呑み込んでいることに気がついた。
口を閉じてみると
やたらとうなずいたりしたくなくなり
もっと親身に話を聞こうという気になった。

ジャンが、わたしの足にロルフィング*をしてくれていたとき
わたしを見上げて、「足がものすごく汗をかいてるよ」と言った。
数日後、わたしは、苦手な人と話をするとき
片足で立っているということに気づいた。

*「アイダ・ロルフによって開発された、筋肉の深部にとどくマッサージ」

母から電話がかかってきたとき、マイクがその場にいた。
電話を切ったあと、彼はわたしに言った――
「母親と電話で話すときは
自分の欲求に耳を傾けるようにすればいいんだね。
ようやく、こつがつかめたよ」

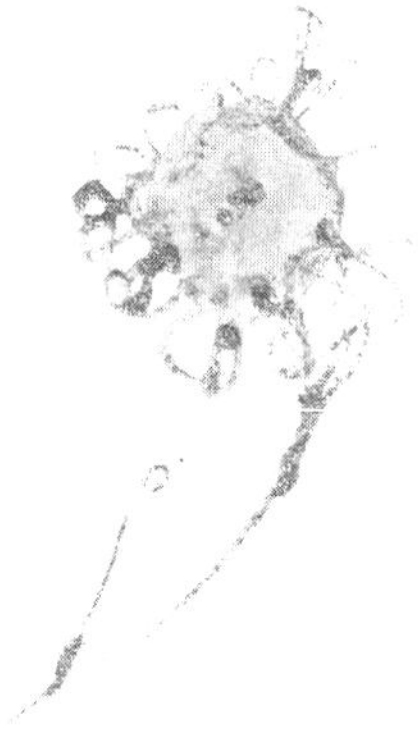

いったいどんなやり方で、わたしは
相手に自分を操らせているのだろうか？
丁寧にふるまうことで？
怒りで相手を脅すことで？
セクシーさをちらつかせることで？
もし誰かがわたしに、やんわりと無愛想な態度をとったら
わたしはたいてい、わかりやすい（相手にとって御《ぎょ》しやすい）
応じ方をする。
つまり、「本当にいいやつ」になるのだ。

誰かが怒りや、嫉妬や、不機嫌な感情をあらわすとき
それに対する健康的な応じ方というのは
そういうことが起こるまえの自分の状態を思いだし
その心の状態を保つことだ。
ムッとしたり、相手に媚びたりすると、自分を裏切ることになる。

相手を傷つけることを恐れて「いい人」を演じていると
しばしば自分が傷つくことになる。

嫉妬が芽生えるのは
自分のもつ力をうまく使えなかったとき
自分らしさを失ったとき
自分の立場を保てなかったときだ。
おそらく、わたしが腹を立てるときにも
これと同じことが起こっているのではないか。

怒りは力にはならない。
それは被害者の立場から生まれるものだ。
怒りの感情で満たされていると
わたしは自分をだめにし
人との関係を壊してしまうおそれがある。

怒りを表にあらわすこと——
それは、怒りに対する責任を
自分で引き受けていない、ということだ。

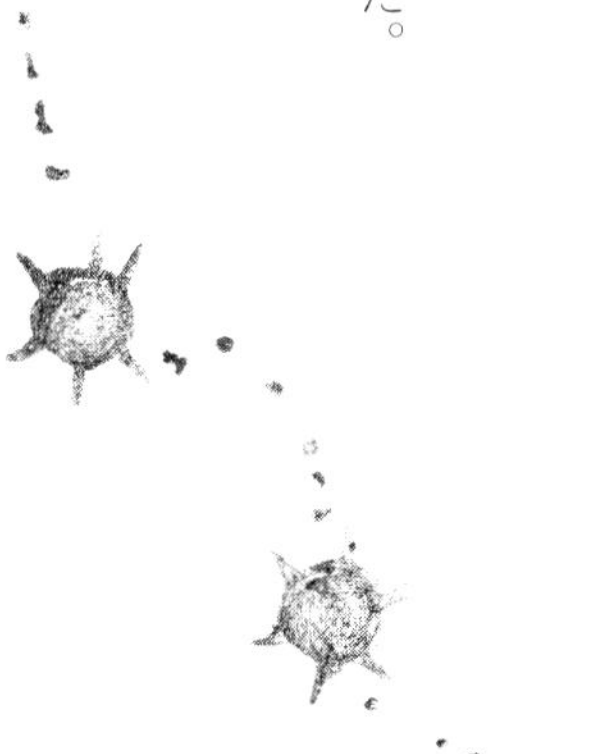

何年にもわたって
わたしは、自分の怒りを認めることを拒んできた。
そして怒りは、からだのなかで積み上げられ
肉体的な問題を引き起こすようになった。
しかし、答えは、怒りを取り除いてしまうことでも
それを誰かにくれてやることでもない。
そうではなく、その感情を尊重するとともに
健康なかたちでうまく扱えるのだと気づくことだ。

怒りを感じてもよいのだと認めてはじめて
誰もが経験するこの大切な感情を
じっくりと見つめられるようになった。
どうして、この怒りという感情は
ほかの多くの感情とは異なり、大きな注目をあびるのか？
人を怖がらせる力があるからなのか？
わたしは、ちょっとしたことにでもすぐに反応して
怒りをぶちまけるような人間になりたいのだろうか？
いや、深呼吸を二、三度して
空を見、木を見、星を見上げたいと思う。
そうすれば、大自然はいつも微笑んでいることに気がつくだろう。

からだが過剰に反応することと
わたしの声が出なくなることとは
なにか関係しているような気がする。
どちらも、人との関係を遮断《しゃだん》するときの方法のようだ。

わたしが両脚を組んで床に坐るとき
いつも右のひざは、左のひざほど下がらない。
今晩、芝居を見ていたとき気がついたのだが
わたしは、隣に坐っている人にふれないように
右のひざをもち上げていた。

いままでは、わたしが前かがみの姿勢で歩くことと
自分を閉ざして人を受け入れようとしないこととには
関係があるということがわかる。

どうやって、わたしは人を締めだしているのだろうか？
ものの言い方や、視線で、この人を遠ざけようとしているのだろうか？
彼女の声を、自分にふれさせているだろうか？
それとも、ただ耳で聞いているだけなのだろうか？
相手の存在をしっかりと見つめているだろうか？
それとも、相手を目で見ているだけなのだろうか？

人を受け入れるというのは、多くの場合
人を遠ざけておくエネルギーを使わないということだ。

逆に人との関係が、エネルギーを消耗させるときがある。

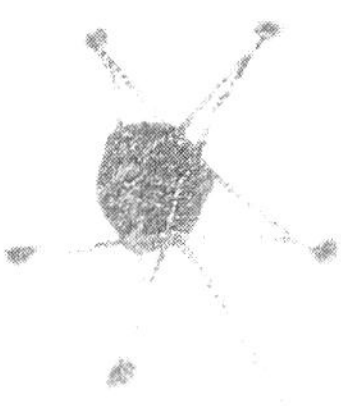

いろんなやり方で
わたしは自分のからだにふれないようにしている――

睡眠時間が足りているかどうかを
時計を見て判断する。
どのくらい食べたかを思いだしてから
いまどのくらい食べたいかを決める。
目が疲れているときに（目を休めるのではなく）
メガネをかける。
ゆったりとした服を着て
気になるからだの線を感じなくてすむようにする。
底の厚い靴や、かかとの高い靴をはいて
大地とのあいだの距離を広げる。
口で呼吸をする（こうすると、においを感じなくなる）。
強い制汗剤をつかって、汗や体臭を抑える。

人ごみのなかでも、見知らぬ人にあたらないようにする。
人と話をするときに、相手にふれないようにする。
本当は見たいのに、人のからだの一部を見ないようにする。

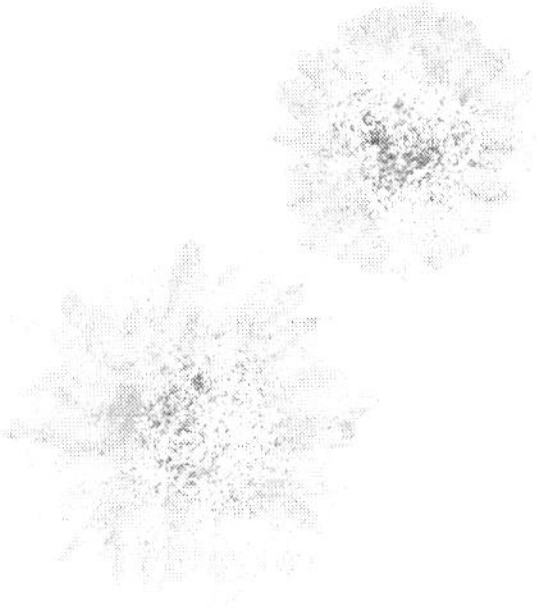

気づきには別のかたちもある——
活動をしながらの気づきだ。
リズムにのって歩く。実感をもって歩く——
からだ全体が自由に流れ、呼吸をし、手をふり、足をふみだし
それらがなめらかな一連の動きとなっているのがわかる。
リズムにのって自転車をこぐ
皿を洗う
走る
踊る
車を運転する。
からだがかかわっている動きの全体に気づき
それと同時に、両手両足と、それらの動きにも気づく。
筋肉がリラックスしているからといって
必ずしもリラックスした動きができるわけではない。

わたしの手足はリラックスしているが
歩みそのものはぎこちない。

いま気づいたのだが
わたしは、なにかをやりはじめようとするとき
文字通り「首を突き出して」いる。

無理のない姿勢とは
からだを正しい位置に保つことではなく
からだを固定しないようにしておくことだ。

朝早く、ベッドで横になっていた。
疲れていて起きあがる気がしないのだが
眠り込みたいほど疲れてもいなかった。
その瞬間が、わたしの典型的な時間のように思われた。
以前からある古い解決法は、どれも役に立たなかった。
新しく使えそうな方法もなかったし
いつものように、いちばん最近のモットーをかかげてみた——
「いま、どうしているのかに気づきを向けるべし」
これも、まったくもって効果がなかった。
わたしはたいていいつも、自分ではわかっているつもりになっている。
しかし実際のところ
いま起こっていることがわかっている瞬間など
ほとんどない。
本当に、ほとんどないのだ。

自分はわかっている、と思っているときは
いつでも、人生はあるがままに先へと進みながら
わたし自身は、思い込みのなかに取り残され
頭でさかさまに立っている感じになる。

今日、役に立っていた真実が
翌日には、うそになっているように思えることがよくある。

「いちばんいい方法」なんてない。
あるのは、ただ別のやり方だけだ。

ある晩、ひとつの洞察を得た。
その後、何度も、同じものが見えるようになった。
以前、それが見えなくて
ただ言葉にしていただけのときもある。
いままで見たことのないものを見ると
そのあと、この新しい見方に対して
さらに敏感になる。
しかし、これは、知識の蓄積から生じるものではない。
なぜなら、そのつど見なければならないからだ。
つぎの時に、ただ考えをあてはめたり
言葉にするだけであれば
見えるという状態はつづかない。
ただ記憶だけがはたらきつづけ
からだ全体にふれるものは、なにも起こらない。

わたしは、いくつもの洞察を得た――
クリスチャン・サイエンスの信者として
無神論者として
ゲシュタルト・セラピーの信奉者として
神経言語プログラミング*を学ぶ者として。
その他多くの思想体系からも洞察を得た。

前提がどうであろうと、またどんなに矛盾していようと、洞察は生じる。
そうした「光が見える」ことの衝撃は、ときに、あまりに強烈で
まるで、リアリティをじかに知覚しているような経験となる。
しかし、いまのわたしは
洞察とは天からの啓示である、というような考えを疑っている。
それはおそらく、自分がいま立っているところを
ていねいに掘りおこしていくという作業にほかならない。

*〔思考のパターンを、視覚・聴覚・体感覚等のイメージを介して再構築することによって、行動を修正する技法〕

洞察につきものの危険とは
それが、ゆきすぎた単純化をもたらすということだ。
つまり、その瞬間に、純粋に深く経験されるものを
決まり文句や規則に置きかえてしまうという危険だ。

ほかのなにものにもまして
深遠であるようなものなど
なにひとつない。

小さい子どもは、ただ楽しむために言葉を使う。
「コミュニケーションをとる」ためでも
「やりとりをする」ためでも
「印象づける」ためでもない。

わたしが耳にする人びとの会話は、よどみなく進んでいく。
まるで、そこに答えがあって
その場にいる人みんなが、それをすでに知っているかのようだ。

これまでわたしが書いてきたもののほとんどは
ひっくり返すこともできる。
それでも、同じくらい真実だ。

真実は裏返り　また裏返り　また裏返る
なにものも　静止してはいない
それでも　偉大な不動なるもの
不変のものがある
「わかること」と「決してわからないこと」がある……

いまや　それらは鎖でつながれ引っ張りあっている

しかし　今日の朝
ものごとはこうあるべきだと話しあったとき
そして　友が　微笑みをたたえた海へと
舟を出したとき

わたしは　わかっているつもりだった

聖なる老女が　わたしを愛していると言ったとき
わたしは　わかっているつもりだった

そして　彼女は背をむけ
わたしとの友情のうえにしゃがみこんで
それを汚物で汚した

何年もまえ　彼が立ち去ったとき
みんな　彼をほめたたえた
わたしも　彼をほめたたえた
そして　わかっているつもりだった

いまでは　彼は死の手中にある

わたしが妻と子どものことを
神に感謝したとき
わたしは　わかっているつもりだった

そして　わたしは見まわした
もう一度　見まわした
そこにはただ　言葉のない家があった

わたしは　わかっているつもりだった
神の光輝く真理の世界に飛び込んだとき
わかっているつもりだった

いま　わたしは　自分のさまざまな信仰が
うろこのように　はがれ落ちていくのを目にする

それでも　地球はまわりつづけ
太陽は　わかろうとする者にも　わかろうとしない者にも
光をふりそそぐ

窓の外では　鳥がうたい
空気は静かで　澄んでいる

最近では、ときどき言葉につまるのを、とても心地よく感じる。
実際のところ、自分の無能ぶりや、傷つきやすさを
しだいに好きになってきた。
長い月日を費やしたが
ようやく、自分がまったく普通の人間だと感じられるようになってきた。
すると、人との関係も、とても楽に感じられるようになった。
ほかの人もまた、わたしと同じように、普通で、不完全なのだから……

今夜、わたしは自然を発見した。
本当に、はじめて見たのだ。
いや、見たのではない。聴いたのだ――
耳も使ったが、耳ではなく眼で「聴いた」のだ。
努力するのではなく、理解しようとするのでもなく
自然が、わたしに語りかけてくるままにしておいた。
左側には、少し離れたところに、高速道路が走っていた。
そこからは、人間の営みが聞こえた。
いつも、どこからかやってきては、決してそこにとどまらない音が……
そして、星を見上げた。
星は静かで、労せずして力強さをたたえていた。
星は、ただ星としてあり
だからこそ、まばゆいほど生きている。
星について語る言葉は、なんととるに足りないものか……

「すばらしい日だね」
「あの霧を見てごらんよ、丘のうえの」
「日が沈んでいく、なんてきれいなんだろうね」
どうしてわたしたちは、自然について感動し声をあげるとき
誰かの同意を求めようとするのだろう……
自然は無限に広がっているから
いつも誰かと分かち合いたくなる、ということなのだろうか?

落ち葉は「人生の実りの秋」を物語っているのではない。

それは、死について語りかけている。

それは、なんと驚くべきメッセージを運んでくることだろう――

「死は、生と同様に意味があり、生よりも美しい」

神の
指がおりてくる
それは　山々の稜線《りょうせん》をつまびき
七つの海を
漆黒《しっこく》の水でみたす
灰色の
空気の詰まった
ひとつの枕のなかで

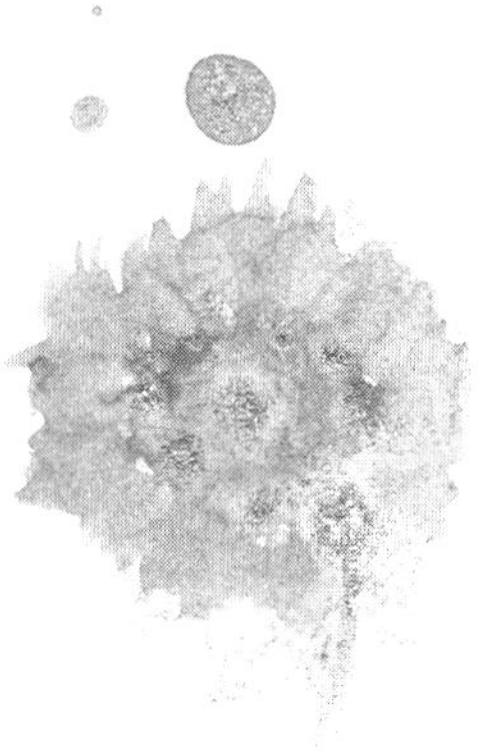

わたしだけのプライベートな世界を
携《たずさ》えていくことができればいいのに……
孤立するのではなく、独《ひと》りになるという意味で。
この段丘《メサ》のうえに、たった一人でいるのに
頭のなかでは、何千もの声がとびかっている。
内側が静まり
静かで、豊かな、独りのとき……
そんなときには、もうどこにも逃げだす必要はない。

月の光の
完全な静けさは
雲　大地　そして水たまりと
とけあい
完全な平和という
抽象画を描きだす

祈り、リラクセーション訓練、ヨーガ、自己催眠、太極拳、呼吸法
そしてマインドフルネスの訓練――
これらが心を落ちつかせ、問題を解消させるのは
ひとつには、それらをおこなうことで
思考の堂々めぐりを止められるからだと思う。
これらの瞑想中や、そのあとには
わたしたちは、普通やらないことをしている――
立ちどまって聴く、ということだ。

立ちどまる
聞こえる音を　ひとつひとつすべて数える
立ちどまる
見える石を　ひとつひとつすべて見る
立ちどまる
吹かれるままに　風のなかに立つ
立ちどまる
誰かほかの人にならなくてもいい

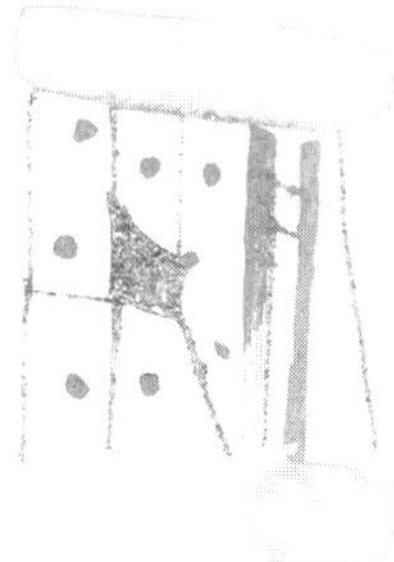

聞かなければならないと思っていては、聞くことはできない。
聞こうとする意図を手放さなくてはならない。
風が木の葉のあいだを吹きぬけるように
言葉の意味が、わたしを通りぬけるままにするなら
語られていることに、自分をゆったりと開いてゆくことができる。
それを、強引に押しだまらせる必要などない。

「言うことを聞きなさい！」と、子どもに言う親がいるが
そう言われても、子どもはますます親のことを無視するだろう。
最近、気がついたが
わたしは、誰かの話に集中しようとすると、よけいに聴くことができなくなる。
自分のまわりで起こっていることに、もっと広く気づくと
聴くことができるようになる。
気づきが広がると
相手の言葉は、ゆっくりと届いてくるようだ。

相手の話を聴かなくても、言葉を聞くことはできる。
「聞く」ためには、相手にだけ注意をむけ
注意をむけているという姿勢をとりつづければいい。
しかし「聴く」ためには
相手のことだけでなく、自分の内側にも耳を傾けなくてはならない。
聴くというのは
言葉と、自分の経験とのあいだを
リズミカルに行ったり来たりすることだ。
それは、相手のからだ全体を聴くこともふくんでいる。
眼、唇、頭の傾きぐあい、指の動きといったものを……
声の調子や、沈黙さえも聴くことをふくんでいる。
さらに、聴くことは、自分自身の反応に注意をむけることでもある。
たとえば、相手がわたしの話を聴かなくなってしまったときに
落ち込んだ気持ちになる、といったような反応のことだ。

わたしは、人の話を聞かないわけではない。
ただ、ほかのことを聞きとってしまうのだ。
誰かが話しだすと、すぐに考えはじめる――
こいつらのおしゃべりにつきあうのは時間のムダだ。
聞いているふりをして、本当に大切なことをしよう、と。

「○○さんに話す」のと「○○さんと話す」のちがいは
単に相手に「ふれる」のと「ふれると同時にふれられる」のちがいだ。

会ってすぐに親しみを感じる人（とても少ないが）がいる。
この場合、相手が愛想のいい人かどうかは関係ないように思う。
実際のところ、こういう人たちは
なんとか人間関係をつくりだそうとはしない――
いかい
つとめて親しくなろうとするわけでもなく
自分のことを印象づけようともしない。
こういう人たちには、いまここにいるという存在感がある。
わたしの状態にも敏感で、なにか気づいたことがあれば
すぐに、それがはっきりと顔にあらわれる。
こういう人たちに見られると
いかい
わたしのことを本当に見てもらっているという感じがする。
こういう人たちは、自分がなにを話しているのか、きちんとわかっていて
自分自身の言葉も聴きとることができるようだ。

ようやくわたしには、自分が
からだ全体で見て、聴いているのだということが、はっきりしてきた。
おなかや背中の緊張、頭の位置、手足の動きなど
こういったことがすべて、わたしの知覚の質に影響をおよぼす。
脚を組んでいれば、ほどいてみる。
からだが前かがみになっていれば、ゆっくりともとにもどしてみる。
顔が引きつっていれば、その筋肉をゆるめてみる。
すると少しだが、確実に変化が起こり
ものの見え方や、音の聞こえ方が変わってくる。

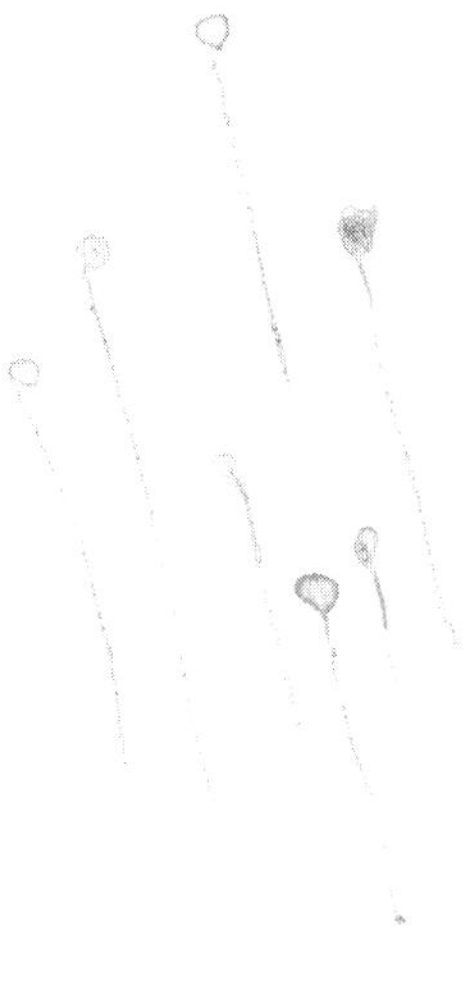

昨晩、わたしは、ジョーナス・ライオンズに
目で合図を送っていることに気がついた。
「ジョーナス、君の言っていることに、とても興味があるよ」
というタイトルの芝居を
自分の目に演じさせていた。
目をそんなふうに使っていることはわかっていたが
やめることができなかった。
彼の顔や姿をもっとよく見て
彼がなにか別のことを語りかけているのがわかれば
よかったのかもしれない。
あるいは目を閉じて
本当はどのくらい彼の話に興味をもっているのか
気づいてみればよかったのかもしれない……
人が話すとき、自分もなにかをしなくてはならない、という恐れがあるから
こんなことに縛られてしまうのだ。

コミュニケーションを豊かにするための方法——
相手が自分自身について説明していることに対してでなく
相手のいまの状態に対して反応する、ということ。
言いかえると、相手が自分について語っていることや
相手がすでにしたことや
これからしようとしていることに対して
反応するのではない、ということ。

初対面のとき、わたしはよくバランスを失ってしまう。
昨晩、ルネが部屋に入ってきたとき
かすかに残っていたまわりの世界とのつながりまでも断《た》ってしまった。
今度からは、相手が見知らぬ人であろうが、なかろうが
少し間をおいて、まわりで起こっていることを見渡してみよう。

初対面のとき、わたしが見ているのは
明らかに、相手に対してわたしが投影したものであり
その人自身のことは、ほとんど見ていない。
第一印象がわるかったとしても
たいていあとで、それは正しくなかったとわかるし
よかったとしても、たいていは不完全なものだったとわかる。

種子が食べられる松の木にも、そうでない松の木にも
欠点を見つけようとは思わない……
欠点など、なにも見当たらない。

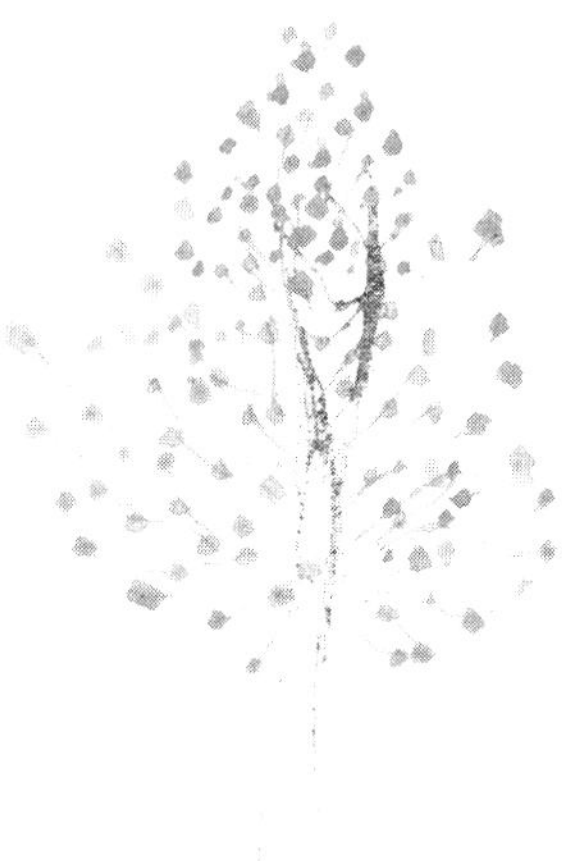

ときどき、わたしは
自分よりも上だと思える人に会うと
その人と親しくなりたいと思っている自分に気づく。
だが、このような気持ちは、親愛さや尊敬の念ではない。
親しくなりたいという下心があると
相手との関係の発展はさまたげられる。

いまわかったことだが、ロンと親しくなりたいと思っていたのは
本当は、このあたりで幅をきかせている彼に
取り入りたかっただけなのだ。

どうすれば
自分は誰からも好かれる人物だという思い込みを
やめられるのだろう。

ネルソンが、わたしのある本を批判したとき
わたしは、彼に同意すると言ったが
本当はまったく同意などしていなかった。
誠実であると見せかけるための不誠実——
なんておかしなことだ。

わたしを好きになる人もいるだろうし
そうでない人もいるだろう。
だったら、いまのままでいい。
そうすれば、少なくとも、わたしを好きな人は
このわたしを好きなのだ、ということがわかる。

自分を開いて率直になったことで、二人の友だちが離れていった。
以前のわたしは、正直な気持ちを口にすれば
相手ともっと親密になれるとばかり思っていた。

そういうことも、ときにはあった。
しかし、率直になると、相手にとほうもない恐怖をあたえることがある。
それによって、自分は嫌われているのだと思ってしまう人もいる。
誰に対しても同じようにふるまう必要はないとわかってから
わたしは楽になった。
人によって、ちがいを見せてもいいのだ。
目を開いて、自分の言葉がいま相手にどう伝わっているのかを見てみる。
そして、もし友だちがわたしの意図をとりちがえていれば
そういう話し方はやめればいい。

友だち関係のなかには、それを維持するために
あれこれ苦労するほどの価値のないものもある。
わたしが出会う人のなかには
敵をつくることを趣味のようにしている人がいて
はじめから、わたしをそのリストに加えようと決めている。

少しまえだが、エルバートに偶然出くわした。
驚いたのは、彼がわたしに会っても
あまりうれしそうではなかったことだ。
あとで気づいたのだが
わたしも、とくにこれといって、彼のことが好きではなかった。

人びとがわたしに対して、それぞれちがったやり方で
反応するのはなぜなのか？
まったくわからない。
わたしのことを気に入ってくれた人もいれば
結局、そうならなかった人もいる。
知り会って間もなくのころは、どちらに向くかはわからない。
しかし、そんなこと知る必要もないだろう。

好き、嫌いは、おたがいが同じように思っている場合が、ほとんどだ。
だから、自分の嫌いな人から好かれることを期待するのは
現実的ではないし、傲慢《ごうまん》でもある。

ビューラが、わたしの話の腰を折った。
わたしは、彼女のずうずうしさにはがまんならないが
いまもずっと、その気持ちを納得のいくように説明できる方法を探している。

人を嫌うのは、苦痛と同様に、なにかのサインであることが多い。
苦痛の意味は、遠ざけておくということであって、破壊するということではない。
わたしが彼女を嫌いだとしても、彼女が価値のない人間だと証明する必要はない。
問題なのは、「彼女はわるい人間なのか」ということではなく
「彼女は、わたしにとってわるいのか」だ。
いや、もっと適切にいえば
「彼女は、いまこの瞬間、わたしにとってわるいのか」ということだ。

考えてみると、友だちに批判的なことを言ったことも度々あったし
逆に腹立たしいことをされたこともあった。
しかしそんなときは、関係があまりに長くなったり
強まりすぎたために
どちらかが少し距離をおきたいと感じただけなのだ。
なにか口にだして言ってしまうまえに
そんな気持ちに気づく方法を身につけたい。

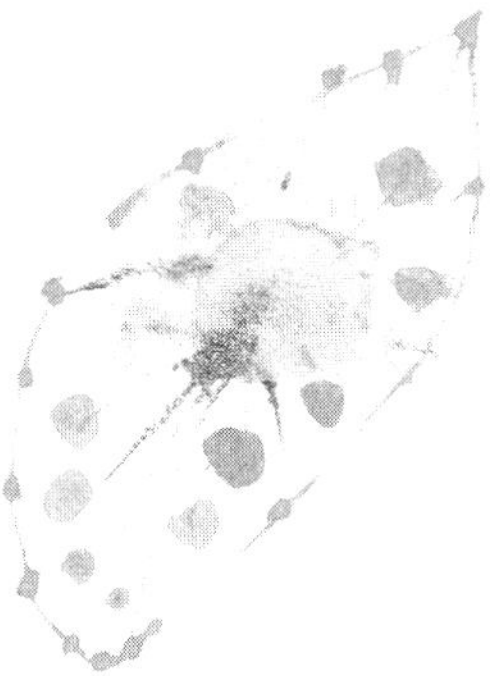

敵対する気持ちと、批判する気持ちとでは、大きなちがいがある。
わたしの場合、誰かを批判するときは
実際に「それはまちがってるよ」とだけ指摘し
非難しているのが、このわたしだということを口にしない。
このように批判は、わたしの気持ちを告げるよりも「安全」だ。
なぜなら、相手は、批判の言葉に反応するのであって
わたしに反応するのではないからだ。
しかし、「あなたが、これこれのことをしたときに
わたしは、こんないやな思いがした」と言うなら
批判の背後には、必ず批判をする当の人物がいるのだということを
自分から明かしていることになる。
でも、こう言うのも、とてもうそっぽい感じがする。

わたしの問題の九〇パーセントは
ただだまっているだけで、解消されるだろう。

わたしが告白をするときには
よく、それが相手に許しを請《こ》うかたちになっている。
つまり、こんなわたしであってもかまわないと
思ってくれるのかどうか
一人ひとりテストしているのだ。
わたしは自分を危険にさらさないように
前もって、みんなに
自分がどんな人間なのかを話しておくのだ。

お世辞を言う。
それが効いて、相手を少し遠ざけることができる。
もし「罪悪感のうらには憤《いきどお》りがひそんでいる」のなら
敬愛の念には、相手の承認を求める欲望が
ひそんでいるのだろうか？

怒りをあらわすというのは、親密さの行為だ。

もちろん危うさをともなうが……

怒りの表明によって、人との関係が深まることもあるし

言葉で相手の急所に一撃を加えることにもなる。

ミーティング中、わたしはハンクがみんなの意見に

いちいち文句を言うことに、とてもいらだった。

しかし、わたしは彼にそうは伝えず、彼の意見に反論した。

それは、いらだちを表現しているのではなく

彼の理屈に反応したということだ。

あとで、わたしは彼にむかって怒りをあらわにし

彼の態度にどんなに腹が立ったかを話した。

すると彼は、みんなのなかで

自分がひどく間抜けな感じがしていたんだと

個人的に打ち明けてくれた。

わたしの言葉を、ただ一蹴《いっしゅう》することもできたはずなのに……

驚いたことに、わたしが否定的な感情を友だちにぶつけても
しばしば彼らは、それに感謝しているようなのだ。
わたしの言ったことで、友情を傷つけてしまうのではないかと
心配になるのだが
たいていは、友情を強めてくれる。
これは、否定的な思いをすべて表現するのがよいということではなく
むしろ、わたしの友人たちの人柄を物語っている。
「ヒューは、〝怒りの表現モード〟に入ってるよ。
でも、わたしたちは、とにかく、あいつの友だちに変わりないんだ」

七ヵ月のあいだ
名声を気高い人間性のあらわれだと勘ちがいし、親切を愛情と誤解し
利用されているのを、感謝されているのだと思いちがいしていた。
七ヵ月のあいだ、彼女を友だちだと思っていた……
彼女がしたことで、わたしは傷つき、怒りをおぼえたが
そのことで、自分が彼女と同じくらい、つまらない人間のように感じられた。
わたしには、自分のほうが上等だと思うふりすらできない。

このくだらなさと、あのすばらしい夕日が
どうして同じ星のうえに存在するのだろう。
いま、あの雲をながめているように
自分の狭さと残酷さをながめることができるだろうか。
ちっぽけで、自己中心的な人類に、どんな不思議さが秘められているというのか。
わたしには、なにも見えない。
すべての不思議さは、この大空のなかにある。

「ゆうべビューラが、人前であなたのことを非難していたわよ」と
ジーンが教えてくれた。
ビューラは、そのまえの晩、わたしたちと食事をし、とても愛想がよかった。
どうして彼女は、わたしに直接それを言わなかったのだろう。
よくあることだ――
ある友だちから
あなたの友だちの誰それがこう言っていた、と聞いて傷つくということ。
わたしの悪口を言う友だちにも失望するが
そのことをわたしに報告してくれる友だちの動機も疑ってしまう。
このとるに足りない状況を抜けだす方法は、きっとあるはずだ。
こういうことが起こるたびに
わたしは、自分自身をどのように痛めつけているのだろうか？

最近になって、他人に望んでいることは
本当は自分に求めていることなのだとわかってきた。
長いあいだ、わたしは、ジョーナスを
なんでもわかっている人として慕《した》ってきた。
すると昨晩、ゲイルがこう言った――
「あなたって、ジョーナスといるとき、まるで子どもみたいよ。
わかってる?」
もちろん!
わたしは、ジョーナスに
なんでもわかっているという態度を、やめてほしかったのではない。
自分がなにもわかってないようにふるまうのを、やめたかったのだ。
(それと、わたしが望んでいるのは
リリスに威張らないでほしいということではなく
わたし自身が毅然《きぜん》としていられるようになることだ)

もし、わたしがあなたから、なにも求める必要がないのなら
もっと自由に、わたしがほしいものを、あなたに伝えられるし
あなたが望むものを、あたえることができる。

「あの人のこんなところが、わるい」と思っていると
同じような特徴が、わたしのなかからも引き出される。
わたしは、相手の「わるい」と思っている部分に
支配されているのだ。

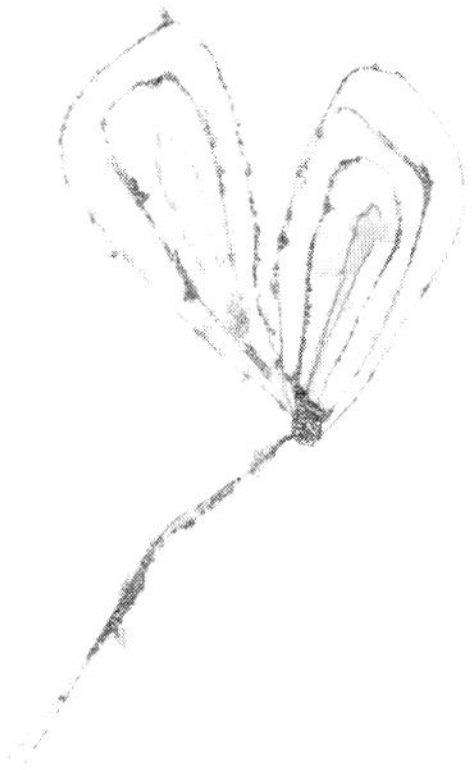

相手のいやなところが気にさわって
それに対してなにかをしようと思いついた、そのときに
もう一度その人を見てみると、もうそこには別人がいる。

彼女がどうで「ある」かについては、もう言い合いたくない。
あなたは、あなたの見方で彼女を見るし
わたしは、別の見方で彼女を見る。
彼女は、また別の見方で自分を見る。
だから、彼女をどう見ているのかということで
わたしたち自身のなにが示されているのか――
そういうことについてなら、話してもいい……

わたしは、誰かを非難するとき
それを受け入れるかどうかの選択肢はその人にある、ということを
前提にしている。

「べつにたいしたことじゃないよ」

「君は、彼女に少なくとも、このくらい借りがあるね」

「それは、あなたの義務よ」

いままで気づかなかったが
誰かに借りがあるという思いは
わたしたちに、じつに重くのしかかってくる。

とくに家族の場合には……

わたしは、愛や尊敬の気持ちから、なにかをしてあげたい。

決して恐れや、義務や、「ねばならない」という思いからではなく。

そういう気持ちからでは、なにをしようと、せっかくの行為がだめになる。

なぜなら、それは、愛ではなく恐れから生まれているからだ。

「感謝」という言葉の実際の定義は、多くの場合こんなものだ——

「君のために、こんなにたくさんのことをしてあげたのだから
今度は、君がぼくのためにする番だよ」

「……のためにする」ということは
多くの場合、「ただあたえる」というより
むしろ「してあげる」という意味になる。
いいいいいい
ただあたえるのなら、それは、わたしの内側から生じている。

親切＝「ちょっとは急げよ――
ドアをあけてやっているんだから！」

「愛してるよ」が答えなら
それはどんな意味をもっているのだろう。

なるほど、わかったよ。
君は、ぼくのやりたいようにやったら、と言うんだね。
ぼくがしたいかどうかに関係なく……

ケイがこう言った――
「もう、うわさ話なんて、聞きたくもないわ」
その言葉を聞いて、居心地のわるい感じがした。
いまケイは自分の断固たる思いを口にしたのだ。
だが、わたしが誰かの決心に縛られる必要はない。
たとえ彼女が、わたしにそう望んでいたとしても……

相手の気分をよくすることで自分の気分をよくしたいのなら
わたしは本当のところ誰のためを思っているのだろう。
あなたの気分がわるいとき
わたしがあなたの気分をよく「させよう」とすれば
あなたは本当に気分がよくなるのだろうか？

先週のことだが
ゲイルにどんなにたくさんのことを頼んでいるのか、気がついた。
(「時間があったら……しといてくれる?」)
こういったことは自分でやろうと思った。
実際、はじめてみると、自分自身にしっくりくる感じがした。

洗濯をするのは、いつもゲイルだ。
でも今日は、自分でやろうと思った。
その瞬間
わたしは自分がパニックに陥っていることに気づいて、驚いた。
自分でやらないことで
単に骨折り仕事を放りだしているだけでなく
もっと多くのものを放棄していたことに気づいたのだ。

プレッシャーのない生活をおくること——
人にプレッシャーをかけることなく
人からプレッシャーをかけられることなく。
自分を縛らず
自分を売り込まず
相手に媚びず
おどけて、へつらったりせず
いい人ぶって相手を操らず
怒りで脅したりせず……
沈黙や、脅し、期待、誤解のただなかにあっても
毅然とし、おだやかに言う。
「結構だ、わたしは、わたしでいるよ」

まったくどうして、わたしはいまだに
父親をちがう人間に変えようとしているのだろうか。

気づきが増したからといって
身内の人間を相手にしないわけにはいかない。
気づきが増すのは、ただ気づきが増すということにすぎない。

「あなたのためなんです」と言って
老人たちが、こづき回されるのには断固反対だ。
祖母は糖尿病だが、自分が病気であることを知っていて
それでもチョコレートを食べることを選ぶなら、それは彼女の問題だ。
わたしなら、一〇年間監視されつづけるよりも
一年間キャンディを食べつづけて死ぬほうがましだ。

自称「目覚めた」人の多くは
配偶者に対する貞操心よりも
誰かの性的魅力にひかれることのほうが
あたかも正当であるかのような言い方をする。
ビクトリア朝時代*とは、さかさまになっているわけだ。

*〔ビクトリア女王が在位していた一九世紀後半のイギリスは、性道徳が厳格なことで知られる〕

「わたしの」息子

「わたしの」妻――

「わたしの」とつけることで、本当にその対象に近づけるのだろうか?

「パドルフッドは、わたしの馬だ。だから、ちゃんと世話をしてやりたい」

しかし、「わたしの」は、遅かれ早かれ、その意味が変わってくるのではないか――

「パドルフッドは、わたしの馬だ。だから、自分の思うままにできる」と。

どちらのほうに親しみや思いやりがこもっているだろうか――

「わたしの子ども」という言い方と

ホピの人たちが言う

「わたしが一緒に暮らしている子ども」のどちらに……

わたしは、「わたしの妻のゲイル」と言う。

シャーロットは、「わたしの友だちのゲイル」と言う。

フランシスは、「わたしの娘のゲイル」と言う。

でも、ゲイル、ゲイルはゲイルのままだ。

「荒くれ」テッド・ハワードは
牧場のなかをジープで走りまわり
これは俺さまの土地だ、と自分に言い聞かせている。
いつの日か、彼は、何百万年も生きてきた山々が
彼のことを笑っていることに気づくだろう。

今日はじめて競馬を見に行った。
金持ちになりたい気分だ。
「所有する」というのは、「ほしい」というのと同じく
精神的な貧しさのあらわれだ。
なにか少しのものを所有していると思った瞬間
わたしは、自分をほかのすべてのものから締めだしている。
なにかをぜひとも手に入れたいという気持ちは、周期的にやってくるが
こんなふうに思うことで薄らいでいく――
ある意味では、すべてはわたしのもので、それを楽しんでよいのだ
外にあるすべてのものは、自己の内にもある
わたしは、この地球のなかで生きていて
地球もわたしのなかで生きている、と思うことで……

個人的信条や、大切にしてきた理想に縛られていない人間なんて
誰もいないのではないか。
なにが自分の信条や理想になっているのかを知ることで
自己欺瞞《ぎまん》に陥る危険は少なくなる。
いまわたしは、人間とはこのようなものだという信念をもっているが
それが正しいのかどうかをテストする方法はないし
ただ、そう信じたいだけなのだ。
その信念を気に入っているのは
自分が人より優れていると思ったときには、自分を引き下げてくれ
劣っていると感じるときには、自分を引き上げてくれるからだ。
わたしの信念というのは
すべての人が同じくらいの割合で光と影をもち
英知と無知をもっている、というものだ。
ちがいはただ、わたしたちが自分を育てているか
それとも破壊しているか、ということぐらいだ。

もちろん、どちらの面が表現されるかで
それを受けとる側にも大きなちがいが生まれるが……
わたしには、理想もある。
それは、人を思いやるということだ。
これは、礼儀正しさのことではなく
心地よさをともなう気づきのことだ。
そんな思いやりは
「わたしは、あなたに責任を負っているわけではない」
と悟ることから
自然に生まれ、心地よくあふれでて
人とのつながりをつくりだす。

わたしは今日、裏の丘を走っていた。
すると、アンソニーが自転車で走りながら、横に並んだ。
彼にとって、わたしは「見知らぬ人」ではなかったのだ。
わたしはと言えば、ただ走りすぎる男であり
「さ来月くらいまでに雪が降ってるといいですね」と
誰でも言うような挨拶をかえす人物にすぎなかった。

高速道路を走っているとき
車のうしろの窓から、こちらを見て手をふってくれるのが
子どもだけなのは、なぜだろう？

「ありがとう」「さようなら」「こんにちは」といった言葉が
あたりまえに発せられるような場面で
いつも押しだまっているのは
これらの言葉がただ自動的に口をついて出てくる場合よりも
なおいっそう誠実さに欠けている。
中身のないつながりであっても
まったくつながりが生まれないより
真実に近いのだ。

わたしの二匹の犬は、どうしようもなく、うそが巧《うま》い――
やつらは、いつもうれしそうに、わたしを見る。

あなたは自分が本物であろう、中心をもとう
自分自身でいようと、もがいているが
いったい、そのなかに
わたしの入ってゆける場所は残っているのかい？

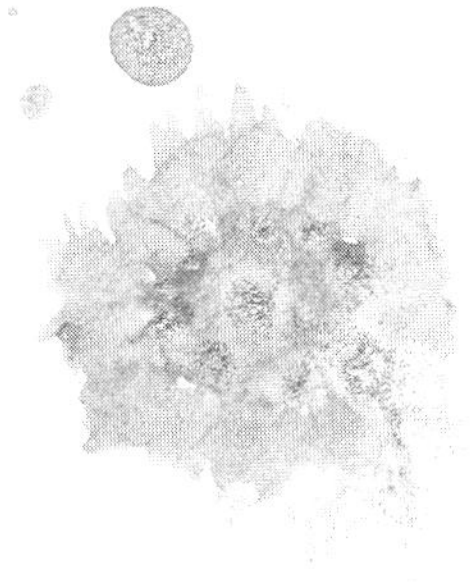

そんなことはしたくない。
でも、あなたのためなら、してあげたい。
だから、やろう。

あなたのために、なにかをしたいというのは
自分のために、それをやりたいというのと変わらない。

わたしとしては、やりたくないのだが
彼女が、わたしにしてもらいたいんだ――
このことが重要なんだ。
あとの問題は「どのくらいやるか」ということだ。
これと同じほど、しつこい問題は
「わたしは自分に正直になっているのか」ということだ。
これらは実際には、まったく同じ問題なのだが……

いちばん大切な、この「いま」の満足のために
わたしは、どこまで深く他人のなかに入り込みたいのだろうか?
わたしは、他人に責任を負っているわけではないが
自分で選んで、相手を気づかったり、共感することはできる。
自分で選んで……
わたしはいま、自分がそうしたいのだとわかっている。

あなたがからだを鍛《きた》えているのなら
腹に一発おみまいしても、なんともないだろう――
そうは言える。
だとすれば、こうも言える――
わたしが口を閉ざしたり、なにかを言ったりして
あなたがそれにどう反応しようとも、わたしには責任がない、と。
しかし、わたしは人間だから
あなたが人間であるということが、どんなことなのか

少しはわかっている。
だから、自分のすることがどんな結果をもたらすのか、おおよそ知っている。

今日、愛情の欠乏から、からだの具合を悪くしている二人の人に会ったが
わたしは、ほとんどなにをするわけでもなく、かたわらに立っていた。
わたしは、好きでもない人を無理やり愛することなどできない。
しかし、そういう状況は、めったにない。
では、自分にただ素直になれば愛を感じることができるような
残りの九九パーセントの場合についてはどうなのか……

愛そのものは、意志のはたらきではない。
しかし、ときには意志の力を借りてでも
いつもの自分の反応を断ち切り
自分のなかに芽生えた愛を伝えなくてはならない。

クリスマスのことだった。
わたしは、父の肩に腕をまわし
「愛しているよ」と言いたかった。
しかし、できなかった。
帰る時間になり、車を走らせようとした。
一〇年くらい泣いたことはなかったのに
車を走らせるまで
一時間ほど、声を押し殺して泣いた。

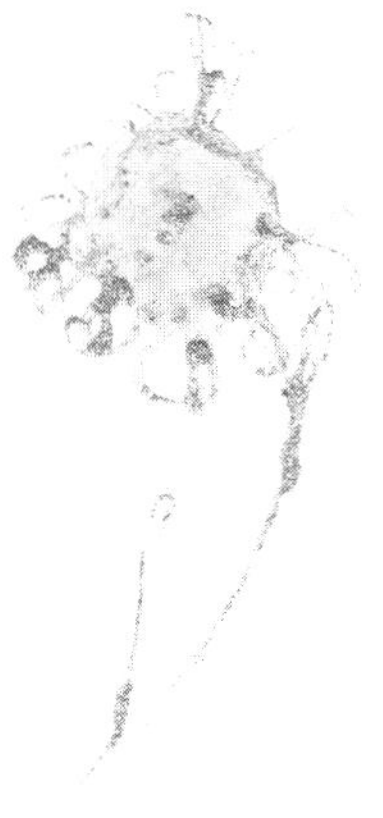

数ヵ月まえ、わたしは
ゲシュタルト・セラピーをやっている友人と一緒に外を歩いていた。
向こうから男が歩いてきて、わたしたちに微笑みながら
「やあ、元気かい」と声をかけた。
友人は答えなかった。
そして、わたしに説明した――
「あの男の挨拶は、うそっぽいな。
だって、ぼくたちのことを知らないのだから」

今日、ナットはわたしをつれて
ニューメキシコの北部にある小さなスペイン村を車で通った。
彼は窓を開け、手をふりながら大声で挨拶をした。
そして自己流のスペイン語で道をたずねた。
車を止めて、店の人と世間話をし
酔っ払いの老人と数分間、楽しい会話をした。
その日、彼の顔は、村人を愛《いと》おしむ気持ちで輝いていた。
村人もすぐに彼と打ちとけた。
ナットは「自発的な愛の不可能性」について論じられるほど
教養をつんでいるわけではない。
彼はわかってはいないが
人生におけるもっとも大切なことを
わたしに教えてくれたのだ。

折れることなく
ゆれていたい
合わせながらも
操《あやつ》られることなく

ふれられたい
死んだ中心から立ち去りたい
（でも自分の中心からは立ち去らない）
自分の中心とともに動いていく
（わたしの強さ　欲求　自分への思いやり）

あなたのもとに
いきたい
自分をつれて
いきたい

あなたに会いたい
あなたを自分のようにいたわりたい
ふたりの眼を通して　ひとつのものを見たい
息を合わせて
深く　たましいから呼吸したい

自分のままでありながら
わたしたちになる

ほんの少しの努力で
ほかの誰かに　ふれることができる
あなたの愛のまわりに円を描こう
……憎しみはその線のうえを歩くだけ

はじめに
霧と塵《ちり》と夢があった

声が近づいてくるのが聞こえた
冷たく燃えながら
炎のまえにあらわれて
わたしの意識の中心で
わたしに呼びかける

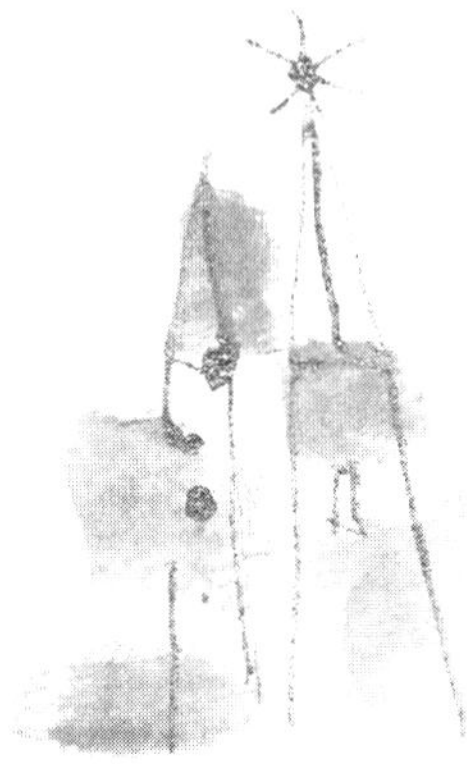

「おまえはだれだ」

わたしは言った
「わたしはジョンだ」
すると　その声が言った
「おまえはだれだ」
わたしは言った
「わたしはジョンだ」
すると　その声が言った
「おまえはだれだ」
わたしは答えた
「わたし《I》はある《AM》」と

すると　その声は　わたしに近づいてきて
おまえは「一なるもの」になると言った

そして　わたしジョンは
新たに智恵をあたえられ
ロウを厚く塗り重ねられ
蹴《け》りあげられた
そして父は　わたしの頭を
やわらかく暖かい原色でみたした
わたしは涙でぬれた夢を見た
父の祈りとともに眠りについたから

わたしのなかに
不思議な光景があらわれた
わたしが見たのは
新たな「すべて」
新たな「一なるもの」

終りも始まりもすぎ去り
もはや寄るべき岸辺もない

わたしは　神の姿のうしろに顔を隠し
ジョンの姿は消えていった

大いなる声が言った
「法よあれ
そして見よ」
「法が静かな暮らしをつつみ
喜びをあたえ
すべてを定める」

法は神とともにあった

そして　わたしは法とともにあった
ゆえに　神の法である法は　わたしの法となり
わたしは　すべての時を支配した
すべての空間を越えた

そこには法のみがあり
法であるわたしは
すべてのものであり
法であるわたしは
ひとりきりだった
わたしは同時に
あらゆるところにいた
やすらいで
すべてのことをなした

法であるわたしは
神であった

しかし突然
日の出のように　彼女があらわれるのを
わたしは見た
それは内からあらわれた
液体のなかの液体
ため息のなかのため息

彼女の肩に星の光がふれ
永遠が彼女の眼に宿る
彼女の髪は　天使の息のようにやわらかい
しかし　彼女の子宮は
天にむかって吠《ほ》えていた

そして　わたしは愛をはらんで
それを産んだ
わたしジョンは　それをすばらしいと思った
愛は大きく育ち　わたしを圧倒した
わたしはこれまで
愛したことがなかったのだ

見よ
丸く赤いものが
荒れ地に　輝き　横たわっている
そのなかに封じ込められている声は言った
「とって食べなさい
これは　あなたのからだなのだ」

わたしは　それを手にとり
食べつくした
苦い味が口に残った
しかし　肚《はら》のなかでは
蜜のように甘い味がした
そして声が言った
「自分の肚をよりどころにせよ」

そして　わたしは東の風をうけて臓腑《ぞうふ》をみたし
燃えるように熱い地獄の蓋《ふた》をもちあげた

わたしジョンは
虫たちを繁殖させ
悪臭を放ち
神々のようだった

燃えさかる炎のにおいが
わたしの鼻をついた

それゆえに
わたしは目覚めた
顔一面を神で覆《おお》われたまま
そこに立った

夜が言った
「神をぬぐい去りなさい
あなたの顔があらわれる」

「あなたの肉のなかでだけ
あなたは肉にふれることができる」

「あなたの耳でだけ
あなたは聴くことができる
もし脳が邪魔をするなら
引っ張り出しなさい」

そして　わたしジョンが進みでた
眼は布で覆い隠され
からだには死に装束《しょうぞく》がまかれていた

わたしは　からだから
死に装束と目隠しをとり去った
地面につばを吐きかけた
わたしは大地で眼を洗い
昼間の音で耳をみたした

昼間の音が
この耳の聞こえない者にむかって言った
「なぜおまえは聞こえないのに
覚えているのだ」
真実と目的は夜であり
夜は死だ
死は目覚めることのない
眠りなのだ

いまこのときは永遠となり
ここは宇宙より
はるかな場所となった
すべての願いに先立つ
真理にしたがい
人間は愛した

その愛は光であり
光はいのち
いのちは
永遠に
生きる
夢を
見ること
なく

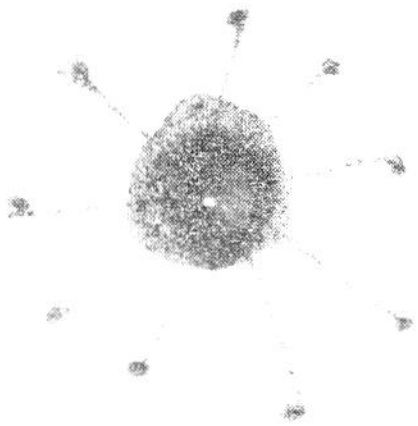

訳者あとがき

本書は、ヒュー・プレイサーの著書 *Standing on My Head: Life Lessons in Contradictions*, Conari Press, 2004 の全訳です。著者のプレイサーはアメリカ人で、カウンセリングやスピリチュアリティの分野では、もっとも有名な著述家の一人です。アリゾナ州のツーソンに妻のゲイルとともに暮らし、二人で癒し、家庭生活、夫婦関係、子育てなどに関する著述や講演、カウンセリングなどの仕事をしています。またメソジスト教会の教師として講話などもしています。これまでに数々のベストセラーを世におくり、日本でもすでにいくつかが翻訳されています。

本書の初版は一九七二年に *I Touch the Earth, The Earth Touches Me* というタイトルで刊行されています。今回翻訳したものは、著者が初版に手を入れた改訂版です。本書の初版は、プレイサーを一躍有名にした（五百万部以上売れたという）一九七〇年の作品 *Notes to Myself* の続編にあたります。*Notes to Myself* は、同じ日本教文社から『わたしの知らないわたしへ』（拙訳）というタイトルで刊行されていますが、その続編をここにお届けできることを、訳者としてうれしく思います。

ところで、本書の内容に関することですが、わたしたちの人生は、よく見ればいつも矛盾にみち、混乱しています。実際いつなにが起こるかわかりません。いいことも、そうでないことも、なにも予想のつくものはありません。今日うまくいったことが明日にはそうでなくなることも、よく体験することですし、いままでこうだと思っていたことが、つぎにはそうでなくなることもよくあります。常識ですら日々刻々と変化しています。人生は、わたしたちの固定した思いや信念とは関係なく、つねに変化しているのです。ですから、本書には『さかさまになる――矛盾のなかでの学び』という原題がつけられています。

しかし、わたしたちは日常の生活をできるだけ安定させ、予測できないことを避けようとします。それはそれで大切なことかもしれませんが、その一方で人生は表面的で単調なものになってしまいます。なぜなら、自分のすぐ足下に広がる生の深淵をのぞき込むことを避けているからです。もちろん、見たくないものや恐いものにふれないように、自分のつくりあげた世界に閉じこもることもできますが、予測できないものは災難のようにして、わたしたちにふりかかります。わたしたちの苦しみや迷いは、そのような生の変化を受け入れず、自分が思い描いた世界に執着することから生じてきます。では、どうすればいいのでしょうか。

プレイサーは、もちろん日常の世界になんの疑いもなく埋没しているような人ではありません。また逆に、悟りすまして、高邁《こうまい》な真理を述べ伝えるような人物でもありません。それでは、どちらも自分の世界に閉じこもっているにすぎません。かつてクリシュナムルティが言ったように、真理は道なき領域であり、プレイサーは道なき道を、手さぐりしながら歩きつづけているような人物です。人生の迷いや混乱や矛盾にありのままに向き合い、存在の神秘に開かれ、生の壮大さに驚きながら、一歩一歩それを確かめているような感じです。ですから本書は、気づきをもって人生をどのように歩んでいけばよいのかを、プレイサー自身の体験をとおして、わたしたちに示しているのです。

本書に出てくる一つひとつの覚え書きやエピソードは深い真実をついているようにみえます。プレイサーも「はじめに」であげていますが、本書を読んでいると、クリスチャン・サイエンス、ゲシュタルト・セラピー、クリシュナムルティ、『コース・イン・ミラクルズ』などの教えが、プレイサー自身の言葉で述べられているようなところもあります。しかし、自分のいまここでの経験に誠実に生きるプレイサーの歩みに一貫性はありません。いまここで刻々と変化していく生は矛盾にみちているというのが、彼のメッセージでもあります。

それでも本書を読みすすめていくと、いくつかのテーマが姿をあらわします。たとえば、つながりあう生、自己成長、習慣的行為、みせかけの自分・本当の自分、無垢、進歩・達成、いまここでの気づき、ふれること・ふれられること、見ること・見られること、自己決定、問題解決、思考や思い込み、からだの無意識的表現、感覚、動き、空想や夢、好き・嫌い、病気、痛み、怒り、恐れ、洞察、聴くということ、人間関係のもつれ、誠実さ、愛、親密さ、などです。しかしプレイサーは、それらに対して白黒のはっきりした単純な解釈を当てはめるのではなく、深くその内部に分け入って、そこにあらわれてくる矛盾をありのままに受け入れ、それをわたしたちのまえに呈示しています。読者のみなさんも、そこから、いろいろな気づきや内省に導かれていくことでしょう。

今回の翻訳作業について少しふれておきます。プレイサーの文章は非常に簡潔で、意味が凝縮されています。翻訳においても簡潔さを保つように心がけましたが、それでも必要に応じて言葉を補って、読みやすくなるようにしました。また彼の文章には意味のとりづらいものがふくまれています。そのような箇所については、京都光華女子大学助教授のジェイムズ・マイケル・ドレイトン氏に助けていただきました。今回の作業では、英語に堪能な五味幸子さんに共訳者として加わっていただきました。そのおかげで『わたしの知らないわたしへ』のときとは一転して楽しく作業をすすめることができました。最後に、本書の内容と響き合うたくさんのイラストを描いてくださった押金美和さん、今回も装幀をしてくださった清水良洋さん、前回と同様ゆきとどいた編集の仕事をしてくださった日本教文社の田中晴夫氏に感謝しています。

二〇〇六年三月

中川　吉晴

◎訳者紹介

中川吉晴（なかがわ・よしはる）＝カナダ、トロント大学大学院オンタリオ教育研究所博士課程修了　Ph.D.（哲学博士）。立命館大学文学部・大学院応用人間科学研究科教授。日本トランスパーソナル心理学・精神医学会副会長。日本ホリスティック教育協会事務局長。専門は臨床教育学、ホリスティック教育、スピリチュアリティ研究。

著書――*Education for Awakening: An Eastern Approach to Holistic Education*, Foundation for Educational Renewal.『ホリスティック臨床教育学――教育・心理療法・スピリチュアリティ』（せせらぎ出版）。

共著――*Nurturing Our Wholeness: Perspectives on Spirituality in Education*, Foundation for Educational Renewal. *Nurturing Child and Adolescent Spirituality: Perspectives from the World's Religious Traditions*, Rowman & Littlefield.『ホリスティック教育ガイドブック』『ホリスティック教育入門』『日本のシュタイナー教育』『ピースフルな子どもたち』（以上、せせらぎ出版）ほか。

訳書――プレイサー『わたしの知らないわたしへ』、アームストロング『光を放つ子どもたち』（ともに日本教文社）、クリシュナムルティ『瞑想』（ＵＮＩＯ）ほか多数。

五味幸子（ごみ・さちこ）＝立命館大学大学院応用人間科学研究科修士課程修了。京都光華女子大学人間関係学部社会福祉学科実習助手。一九九四年から一九九八年までカナダ在住、ブリティッシュ・コロンビア大学でカウンセリングを学び、インターナショナル・スクール・カウンセラーの経験をもつ。専門はソーシャルワーク論。

共訳書――リー『地域が変わる　社会が変わる　実践コミュニティワーク』、リー他『実践コミュニティワーク　エクササイズ集』（ともに学文社）。

いまここにいるわたしへ
新《あたら》しい自分《じぶん》に気《き》づく心《こころ》のノート

初版発行――平成一八年四月五日

著者――ヒュー・プレイサー
訳者――中川吉晴（なかがわ・よしはる）
五味幸子（ごみ・さちこ）
©Yoshiharu Nakagawa, Sachiko Gomi, 2006 〈検印省略〉
発行者――岸　重人
発行所――株式会社日本教文社
東京都港区赤坂九―六―四四　〒一〇七―八六七四
電話　〇三（三四〇一）九一一一（代表）
〇三（三四〇一）九一一四（編集）
ＦＡＸ　〇三（三四〇一）九一一八（編集）
〇三（三四〇一）九一三九（営業）
振替＝〇〇一四〇―四―五五五一九
印刷・製本――凸版印刷
●日本教文社のホームページ　http://www.kyobunsha.co.jp/

STANDING ON MY HEAD
by Hugh Prather
Copyright©1972, 2004 by Hugh Prather
Japanese translation rights arranged with Conari Press,
an imprint of Red Wheel, Weiser, York Beach, Maine
through Tuttle-Mori Agency, Inc., Tokyo

Ⓡ〈日本複写権センター委託出版物〉
本書の全部または一部を無断で複写複製（コピー）することは著作権法上での例外を除き、禁じられています。本書からの複写を希望される場合は、日本複写権センター（03-3401-2382）にご連絡ください。

乱丁本・落丁本はお取替え致します。定価はカバーに表示してあります。
ISBN4-531-08152-8　Printed in Japan

日本教文社刊

人生の主人公となるために——神の子への道66章

谷口清超著

●小さな失敗やお金、名誉等の小志に惑わされず、自由自在に未来を切り拓いていくための心得をテーマ毎にまとめた短文集。未来の見えない若者にぜひとも読んでほしい一書。

¥1000

神を演じる人々

谷口雅宣著

●遺伝子改変やクローニングなど、自らの生命を操作し始めた人間たち。「神の力」を得た近未来の私たちが生きる、新しい世界の愛と苦悩を描き出す短篇小説集。(日本図書館協会選定図書)

¥1300

男女のスピリチュアルな旅——魂を育てる愛のパートナーシップ

ジョン・ウェルウッド著　島田啓介訳

●恋愛や結婚とは愛の「ゴール」なのではなく、男女の心を磨き合い、魂の成熟をめざす道の始まり——名セラピストが贈る、二人の問題解決のための智慧の数々。全米ベストセラー。

¥1960

男女の魂の心理学——ふたりの魂を目覚めさせる愛の旅

ジョン・ウェルウッド著　島田啓介訳

●カップルの心は、おたがいの隠れた真実を映し合う「鏡」となる——男女の魂の不思議を解き明かし、ふたりの人生を依存心や縛り合いのない自由な世界へと導く、恋愛・結婚カウンセリングの名著！

¥1850

人生でいちばんの贈りもの——生きる力を伸ばす心のレッスン

アンドレ・オー著　新田均訳

●米国のベテラン心理療法士が、人間の魂の成長について静かにそして力強く語りかけるヒーリング・ブック。安易な解決策や慰めを超え、読者の意識を深いレベルで目覚めさせるエッセイ全19章。

¥1427

癒しのガーデニング——菜園が教えてくれた私の人生

アーリーン・バーンスタイン著　上原ゆうこ訳

●子供との死別、夫との心の溝に苦しんできた著者が、庭仕事を通して、“いのち”を育み癒す自然の愛に触れ、本当の自分と夫との絆を取り戻していく心の旅を綴った「癒しのエッセイ」。

¥1600

各定価(5%税込)は、平成18年3月1日現在のものです。品切れの際はご容赦ください。
小社のホームページ http://www.kyobunsha.co.jp/ では様々な書籍情報がご覧いただけます。